„Doch!“, rief Tina,
„ich habe es dir schon mindestens zwanzig mal gesagt, aber du hörst wie immer nicht zu!“
„Quatsch!, Natürlich höre ich zu, meckere nicht schon wieder, ich mache es gleich.“, sagte Paul und ging nach unten in den Keller, um eine Leiter zu holen. Eine kaputte Glühbirne im Schlafzimmer musste schon längst ausgetauscht werden. Leider kam Paul, wie schon oft in letzter Zeit, nicht selbst darauf, dies zu tun. Seine Trägheit reizte Tina schon länger. Dadurch häuften sich in letzter Zeit die Streitereien in ihrer Ehe.
„Danke“, rief sie nach unten in den Keller, mit gewisser Gehässigkeit in der Stimme,
„Du tust mir doch damit keinen Gefallen, du wohnst hier genau so wie ich!“
„Ach, lass mich doch in Ruhe“, antwortete Paul.
„Du bekommst jetzt gleich deine neue Glühbirne!“
„Meine Glühbirne?!“, fragte Tina und die Lautstärke ihrer Stimme ging diesmal deutlich nach oben. Oh Mann, der macht mich einfach wahnsinnig, dachte sie. Tina ging in die Küche, holte mit einer schnellen, ruckartigen Bewegung ihre Kaffeetasse aus dem Schrank und stellte sie sichtlich genervt unten den Kaffeeauslauf ihres Kaffeeautomaten und drückte auf die Starttaste. Als der Kaffee fertig war,

setzte sie sich an den Tisch in der Küche und versuchte, ein paar mal tief durchzuatmen. Tina tat es, weil sie nicht wollte, dass aus dieser kleinen Streiterei wieder eine größere Geschichte entsteht, so, dass sie und Paul sich für einige Zeit aus dem Weg gehen würden.
Es lief einfach nicht mehr rund in ihrer Ehe. Genau genommen, schon seit ungefähr zwei Jahren. Vieles an Paul nervte sie immer mehr. Abends sprachen sie kaum miteinander, auch wenn sie nebeneinander auf der Couch saßen. Jeder hielt sein Handy in der Hand, starrte auf den Bildschirm und nahm den anderen kaum wahr.Tina und Paul hatten schon immer unterschiedliche Hobbys gehabt. Früher hörte der eine dem anderen noch interessiert zu, wenn derjenige davon erzählte. Jetzt waren ihre Hobbys einfach zu einem guten Vorwand geworden, um für einige Zeit dem Alltag zu entfliehen und nicht zu Hause zu sein.Auch im Bett passierte schon lange nichts mehr aufregendes. Aber das war doch nur die logische Konsequenz. Wie soll die Sexualität eines Paares denn funktionieren, wenn die beiden sich gefühlsmäßig schon so weit voneinander entfernt haben und nicht mehr anziehend fanden?Manchmal dachte Tina sogar, Paul würde vielleicht fremdgehen. Es gab zwar noch keine konkreten

Anhaltspunkte dafür, aber die emotionale Kälte, die von ihm ihr gegenüber ausging, hätte damit auch erklärt werden können.Trennung. Dieses Wort kam Tina immer öfter in den Sinn. Sie unterbrach noch jedes mal diesen Gedanken, wenn er aufkam. Aber der lies sie nicht mehr los.Tina hörte, wie Paul nach oben ins Schlafzimmer ging. Er schlug dabei einmal mit der Leiter gegen eine Stufe, bestimmt mit Absicht, dachte sie dann.

Währenddessen stellte Paul die Leiter im Schlafzimmer auf, stieg darauf, um an die Lampe zu kommen, tauschte die Glühbirnen aus und wollte schon absteigen. In diesem Moment verlor er für ein paar Sekunden das Gleichgewicht und schaffte es nicht mehr, sich wieder aufzurichten.
Paul fiel von der Leiter runter und schlug unglücklicherweise mit dem Kopf gegen den harten Bettrahmen auf. Er verlor dabei sein Bewusstsein und auf seiner Stirn klaffte eine riesige Platzwunde.
Tina saß immer noch am Tisch in der Küche. Als sie einen ungewöhnlich lauten Krach von oben hörte, fragte sie:
„Paul, ist alles in Ordnung? Was ist passiert?“. Doch sie bekam keine Antwort. Ein ungutes Gefühl packte und sie lief die Treppe hoch ins Schlafzimmer. Als

sie dort ankam, sah sie Paul regungslos auf dem Boden liegen.
Eine Gesichtshälfte von ihm war bereits komplett blutverschmiert. Tina erschrak und rief noch mal diesmal schon viel lauter:
„Paul!“. Sie bückte sich zu ihm, packte ihn an seinem Arm und schüttelte ihn kräftig dabei.
„Paul, hörst du mich?“. Aber er lag immer noch bewusstlos da.
Tina holte schnell aus ihrem Schrank ein frisches Handtuch und drückte es gegen seine stark blutende Wunde auf der Stirn. Sie stand bereits unter Schock und handelte fast automatisch. Im nächsten Moment lief sie runter in die Küche, schnappte sich ihr Handy und rief den Notarzt.
Der Krankenwagen kam ziemlich schnell, doch Tina hatte das Gefühl, es dauere eine ganze Ewigkeit.
Sie fuhr zusammen mit Paul ins Krankenhaus. Dann schickte man sie ins große Wartezimmer der Unfallambulanz, wo sie sehr lange auf eine Nachricht der Ärzte warten musste.
Tina hatte starke Kopfschmerzen und war sehr erschöpft. Sie versuchte trotzdem, sich zusammen zu reißen, um ihre Angst, die sie wellenartig packte, unter Kontrolle zu halten.
Irgendwann mal später kam ein junger Arzt auf sie

zu, und holte sie in eines der Behandlungszimmer.
„Wie geht es ihm?“, fragte sie besorgt.
„Ist es sehr schlimm?“.
„So wie es aussieht, ist es wahrscheinlich eine schwere Gehirnerschütterung. Er ist immer noch bewusstlos. Wir müssen ein paar Untersuchungen durchführen, um fest zu stellen, in wieweit sein Gehirn nach dem Aufschlag in Mitleidenschaft gezogen wurde. Vorher kann ich Ihnen nichts sagen. Er liegt auf der Intensivstation. Sie dürfen ihn kurz sehen, aber dann sollten Sie nach Hause fahren, und sich erholen. Wir werden Sie natürlich sofort informieren, falls er dringend operiert werden müsste“, erklärte ihr der Arzt.
Als Tina zum Paul auf die Intensivstation kam, liefen ihr die Tränen. Er lag mit verbundener Stirn da, angeschlossen an die Monitore, die seinen Zustand überwachten.
Sie wusste nicht, ob sie mit ihm reden darf und sagte nichts.
Diese blöde, bescheuerte Glühbirne, dachte sie. Aber die musste doch ausgewechselt werden. Bin ich jetzt schuld, weil ich so viel Theater deswegen gemacht habe, überlegte sie in diesem Moment.
Auf ein mal kamen ihr all diese Dinge so unwichtig vor. Alle Streitereien und Diskussionen vorher

erschienen ihr vollkommen sinnlos.
Tina versuchte sich daran zu erinnern, worum es bei diesen Konflikten ging. Aber das wusste sie nicht mehr.
Paul bewegte sich nicht. Er lag einfach da. Eine Krankenschwester und ein Pfleger kamen ins Zimmer. „Wir nehmen ihn jetzt zur MRT mit. Sie sollten nach Hause gehen. Wenn es sein muss, rufe ich Sie an", sagte die Krankenschwester.
Tina ging in den Flur und sah noch, wie Paul auf seinem Krankenbett in einen großen Aufzug gefahren wurde. Der Aufzug ging zu und sie fühlte sich auf einmal unglaublich einsam. Die Tränen liefen ihr wieder.

Sie drehte sich um, und ging Richtung Ausgang. Unten nahm Tina ein Taxi und fuhr nach Hause.
Dort angekommen, rief sie die Eltern vom Paul an und erzählte, was passiert sei.
Sie war aber zu erschöpft, um lange zu telefonieren und sagte einfach, sie würden sich Morgen im Krankenhaus treffen .
Tina schaffte es noch, sich kurz zu duschen. Dann legte sie sich im Wohnzimmer auf die Couch.
Nach oben ins Schlafzimmer wollte sie nicht. Es erinnerte sie an den Unfall. Sie schlief irgendwann

mal ein, träumte aber sehr unruhig und wachte immer wieder auf.
Am nächsten Tag, rief sie ihren Chef an und bat ihn um einen kurzen Urlaub. Er zeigte sich sehr verständnisvoll. Es ging in Ordnung.
Sie versuchte, eine Kleinigkeit zu essen und fuhr dann ins Krankenhaus.

Auf der Station angekommen, wurde sie von der dort diensthabenden Krankenschwester abgefangen.
„Der Chefarzt möchte Sie sprechen, bevor Sie Ihren Mann besuchen. Warten Sie bitte noch ein bisschen“.
„Ist es etwas schlimmes?“, fragte Tina und merkte, wie ihr Herz anfing, schneller zu schlagen.
„Beruhigen Sie sich bitte. Der Arzt kommt gleich“, antwortete die Krankenschwester.
Nach ein paar Minuten kam ein älterer Arzt in Begleitung des jungen Arztes, der mit Tina am Abend zuvor gesprochen hat.
Er stellte sich vor und sagte:
“Erstens habe ich eine gute Nachricht für Sie, Ihr Mann ist in der Nacht aufgewacht und laut MRT hat er zum Glück keine auffälligen Schäden an seinem Gehirn davon getragen. Aber es gibt jedoch ein Problem und das ist die weniger gute Nachricht. Ihr Mann hat möglicherweise auf Grund der schweren

Gehirnerschütterung eine retrograde Amnesie erlitten. In wie weit sie reicht, und in welcher Ausprägung werden wir noch sehen müssen. Aber wenn Sie jetzt zu ihm gehen, dann rechnen Sie damit, dass er Sie eventuell nicht erkennt. Versuchen Sie bitte trotzdem, ruhig zu sein. Das ist sehr wichtig. Stellen Sie ihm nicht zu viele Fragen. Warten Sie erst mal ab, wie er auf Sie reagiert".
„Amnesie?, fragte Tina.
„Kann er sich wirklich an nichts mehr erinnern?"
„Wie gesagt, wir müssen jetzt abwarten und ihn beobachten. In vielen Fällen sind solche Patienten in ihrem Alltag nicht beeinträchtigt. Sie können sich einfach zum Teil oder auch gar nicht mehr daran erinnern, wer sie seien. Ab jetzt ist er auf Ihre Hilfe und bald auch auf die Hilfe seiner Therapeuten angewiesen.", antwortete der Chefarzt.
„Und wie lange kann diese Amnesie andauern? Wird er sich irgendwann mal wieder an alles erinnern?", fragte Tina besorgt weiter.
„Es kann Wochen und Monate dauern, im schlimmsten Fall bleiben seine Erinnerungen zum großen Teil für immer weg. Aber es ist sehr selten. Wir gehen eher nicht davon aus. Wenn sein Zustand sich in den nächsten Tagen nicht verschlimmert und konstant bleibt, kann er wieder nach Hause und ab

da mit den entsprechenden Therapien beginnen. Entschuldigen Sie, aber wir müssen jetzt weiter. Wie gesagt, versuchen Sie ruhig zu bleiben und vielleicht haben Sie Glück und er wird Sie sofort erkennen".
Als die Ärzte gingen, stand Tina noch ein paar Minuten da und versuchte, ihre Gedanken zu sammeln.
Amnesie? Was ist, wenn er sich an mich doch nicht erinnert? Wie soll ich mich jetzt verhalten? Was soll ich ihm sagen?
In diesem Moment kam dieselbe Krankenschwester vorbei, die sie vorher angesprochen hat.
„Möchten Sie, dass ich mit Ihnen gehe? Brauchen Sie vielleicht jemanden, der dabei ist?", fragte sie höflich.
„Ich weiß es nicht. Ich glaube schon. Das wäre nett", sagte Tina und die beiden gingen in Pauls Zimmer.
Er lag immer noch im Bett, aber er war wach und guckte in Richtung der beiden Frauen, die gerade ins Zimmer kamen.
Als sich die Blicke von Paul und Tina trafen, reagierte er absolut emotionslos.
Tina bekam weiche Knie, ihr wurde beinahe schwindelig. Eine unbeschreibliche Angst packte sie in diesem Moment. Sie wusste nicht, was sie sagen sollte.

„Wie geht es Ihnen?“, fragte die Krankenschwester Paul.
„Brauchen Sie etwas?“.
„Gut. Nein.“, antwortete dieser.
„Hier ist Ihre Frau.“, sprach sie weiter und zeigte in Richtung Tina.
Paul guckte sie genau so an, wie vorher. Ohne jegliche Regung.
„Paul, ich bin es, Tina, deine Frau“, sagte sie ruhig, doch ihre Stimme zitterte.
„Ja.“, das war alles was er sagte.
Tina kämpfte mit ihren Tränen, doch sie wollte nicht, dass Paul sie weinen sieht.
Sie war einfach nur verzweifelt und verwirrt. Sie wusste nicht, ob sie bleiben oder gehen soll.
Eigentlich wollte Tina nicht gehen, sie wollte beim Paul bleiben. Aber das war nicht mehr ihr Mann. Da lag ein scheinbar fremder Mensch, dem sie nichts zu sagen hatte.
„Möchtest du, dass ich bleibe?“, fragte sie Paul trotzdem.
„Ich weiß es nicht.“, antwortete er.
„Erholen Sie sich weiter.“, sagte die Krankenschwester zum Paul.
„Vielleicht gehen Sie erst mal nach unten einen Kaffee trinken?“, fragte sie Tina.

„Ja. Gut.", antwortete sie und die beiden verließen das Zimmer.
„Versuchen Sie jetzt stark zu sein und durchzuhalten. Natürlich ist es eine sehr schwierige Situation für Sie. Aber Sie müssen ab sofort viel Geduld haben. Vielleicht haben Sie Glück, und sein Gedächtnis kommt schnell wieder. Ich habe schon sehr unterschiedliche Patienten erlebt. Er braucht jetzt Ihre Hilfe.", sprach sie zu Tina, als die beiden auf dem Flur standen.
„Danke." Mehr konnte Tina nicht sagen. Zu sehr war sie noch von dieser Situation überwältigt.
Ja, ein Kaffee, ich brauche jetzt einen Kaffee, dachte sie und ging nach unten in die Cafeteria.
Später ging sie noch mal nach oben zum Paul. Tina konnte einfach nicht nach Hause fahren, ohne ihn nochmal zu sehen. Obwohl ihr diesmal bereits klar war, dass sie eigentlich einen fremden Mann besuchen würde. Wir werden es schon schaffen, dachte sie und versuchte sich selbst zu beruhigen. Ich muss jetzt für ihn da sein.
Sie klopfte leise an die Tür. Es kam keine Antwort. Sie machte vorsichtig die Tür auf und schaute rein. Tina sah, dass Paul schlief. Sie ging nicht mehr rein. Ich komme Morgen wieder, dachte sie und fuhr nach Hause.

Als Tina ins Haus kam, überwältigte sie wieder ein Gefühl der Einsamkeit. Jetzt vermisste sie Paul, wie schon lange nicht mehr in den letzten Jahren.
Sie setzte sich erschöpft auf die Couch und versuchte, nachzudenken.
Wie soll es jetzt weiter gehen? Wo fängt man dabei an? Er ist doch jetzt nicht mehr der Paul, den ich kannte, mit dem ich verheiratet war? Und wie erkläre ich ihm, dass unsere Ehe nicht mehr funktionierte und ich schon daran dachte, mich von ihm zu trennen? Nein. Das kann und darf ich jetzt nicht machen. Jedenfalls noch nicht. Vielleicht später, falls er in der Lage sein sollte, diese Information zu verkraften.
Tina legte sich hin und schlief auf Grund ihrer Erschöpfung schnell ein.
Ein paar Stunden später wachte sie auf. Tina setzte sich hin und überlegte, was sie als nächstes tun sollte, als ihr auf ein mal ein Gedanke kam, der so unglaublich und gleichzeitig beängstigend war, dass sie dabei sogar aufstehen musste.
Nein. Das ist doch Quatsch!, dachte sie. Wahrscheinlich ist es einfach nur Stress! Aber dieser Gedanke lies sie nicht mehr los. Tina ging im Zimmer hin und her, atmete tief durch und versuchte

sich zu beruhigen. Nichts half.
Aber das darf ich doch nicht!, versuchte sie sich einzureden. Jedoch war die Idee, die ihr gerade in den Sinn kam so unglaublich verlockend, dass es ihr nicht mehr möglich war, sie zu verwerfen.
Was ist, wenn ich dem Paul nicht die ganze Wahrheit über ihn und unser gemeinsames Leben erzähle? Wir könnten von vorne anfangen. Vielleicht ist es unsere zweite Chance?
Es würde doch keinem schaden. Wir beide würden davon nur profitieren, dachte sie weiter nach.
Wäre das denn so schlimm, wenn es uns beiden wieder gut geht? Sie begann sogar, sich vorzustellen, wie viel schöner ihr gemeinsames Leben werden könnte.

Zwei Tage später durfte Paul nach Hause. Sein Zustand hat sich zum Glück nicht verschlechtert. Jedoch hat er sich deswegen weder gefreut noch war er traurig. Er war eher apathisch.
Da er sich an nichts mehr erinnern konnte, blieb ihm sowieso nichts anderes übrig, als zu vertrauen, dass es stimme, was man ihm sage.
Zuhause blieb er im Flur stehen, und schaute sich um. Tina lächelte und sagte:
“Hier wohnen wir mit dir seit sieben Jahren. Okay.

Die Tapeten sehen nicht mehr so frisch aus. Aber die wolltest du sowieso noch in diesem Jahr wechseln. Komm nach oben. Möchtest du dich hinlegen? Ich packe deine Sachen aus.“ Sie zeigte Paul das Schlafzimmer oben.
„Kann ich mir das ganze Haus anschauen?“, fragte er.
„Ja, natürlich, komm.“ Und Tina zeigte Paul nach und nach alle Zimmer und zum Schluss noch den Keller. Er schaute sich alles an, aber nichts kam ihm irgendwie bekannt vor. Dabei erwähnte Tina ganz nebenbei viele Kleinigkeiten, die tatsächlich schon seit Jahren hätten gemacht werden müssen, wozu aber der Paul aufgrund seiner Trägheit und Bequemlichkeit nicht kam.
„Die Ärzte sagen, wenn ich dir die Dinge zeige, die du gerne gemacht hast, könnte sich dein Zustand verbessern. Du warst schon immer ein guter Handwerker. Wenn du dich wieder fitter fühlst, könntest du vielleicht mal die eine oder andere Reparatur durchführen. Es würde dir möglicherweise gut tun.“ , sagte Tina ohne dabei nur mit einer Wimper zu zucken.
„Komm ich zeige dir, wo in der Küche alles liegt. Wundere dich aber bitte nicht, dass wir so viel Obst und Gemüse im Haus haben.“, fuhr Tina fort.

„Wir wollten mit dir zusammen eine Diät machen. Du warst mit deinem Gewicht nicht mehr zufrieden. Und ich wollte dich dabei unterstützen."

In Wirklichkeit hat Paul tatsächlich in letzter Zeit zugenommen, jedoch störte ihn das eher wenig, im Gegensatz zu Tina. Sie fand seine Figur nicht mehr schön und versuchte, Paul davon zu überzeugen, dass er wieder abnehmen sollte.

Auch das endete oft in einem Streit. Paul war der Meinung, Tina solle ihn so nehmen, wie er ist, anderenfalls könne sie sich gerne einen anderen suchen.

Während Tina so weiter erzählte, hörte Paul interessiert zu. Er wollte natürlich wieder gesund werden. Also war alles, was ihm seine Frau über ihn und ihr gemeinsames Leben berichtete, von großer Bedeutung. Noch konnte er sich an nichts erinnern. Aber Tina klang so überzeugend, Paul glaubte ihr jedes Wort.

Zugegeben, der Salat zum Abendbrot schmeckte ihm nicht besonders und machte ihn auch nicht satt. Aber er vertraute Tina voll und ganz.

Er sah selbst einen recht umfangreichen Bauch an sich im Spiegel und glaubte daran, dass sie gemeinsam eine Diät machen wollten.

Als Paul später müde wurde und schlafen gehen

wollte, zog er seine Sachen aus und legte sie auf einen Stuhl neben ihrem gemeinsamen Bett. Die Socken schmiss er aber, ohne nachzudenken auf den Boden. Tina bemerkte es und sagte, wie nebenbei:
„Paul, weißt du, du warst immer ein sehr ordentlicher Mann. Alle meine Freundinnen können bis heute nicht glauben, dass ich nie deine dreckigen Sachen vom Boden aufsammeln musste." Sie lächelte dabei so natürlich, dass Paul aufstand und fragte:
„Wo steht unsere Wäschetonne?"
„Im Badezimmer, Schatz."
Er nahm seine Socken und brachte sie ins Badezimmer in die Wäschetonne.

Am nächsten Morgen stand Tina früher auf als Paul. Sie machte sich frisch und ging in die Küche, um Frühstück vorzubereiten.
Natürlich gab es Müsli mit Quark zum Essen. Sie wären doch mit Paul auf Diät. Auch das schmeckte ihm nicht. Er leerte jedoch sein Schälchen fleißig, weil er unbedingt abnehmen wollte, dachte er.
„Schatz, ich möchte dir jetzt dein Werkzeug zeigen. Du wolltest da ein bisschen Ordnung schaffen. Es ist zwar untypisch für dich, dass es so aussieht, aber du hattest in letzter Zeit sehr viel Stress auf der Arbeit.

Wenn du nur wüsstest, wie nervös dich jede Unordnung machte.“, sagte Tina in der Art und Weise, um die sie jede Schauspielerin beneiden würde.
Als sie Paul seine Werkzeugecke im Keller zeigte, sah sie tatsächlich alles andere als aufgeräumt aus. Anscheinend hatte ich wirklich sehr viel Stress in letzter Zeit, dachte er und machte sich daran, sie aufzuräumen.
Natürlich klappte es nicht auf Anhieb. Paul war in Wirklichkeit nie ein Ordnungsfanatiker. Aber das wären bestimmt die Folgen seiner Amnesie, dachte er. Was natürlich zum gossen Teil auch stimmte. Er müsse nun mal viele Dinge neu lernen, hieß es laut Ärzte und seiner Therapeutin.
Tina war selbstverständlich auch dieser Meinung und man einigte sich schon in der ersten Therapiesitzung, sie würde ihm erst mal nur die Eigenschaften und Fähigkeiten von ihm aufzeigen, die absolut typisch für ihn wären. Neue Erfahrungen würden ihn im Moment noch überfordern.

Zum Glück fielen dem Paul viele Dinge des alltäglichen Lebens wiederum nicht schwer. Er konnte selbst Auto fahren, und nachdem Tina ihm erzählte, er würde schon immer gerne und gut allein

einkaufen, machte er es bald wieder.
Mit Hilfe eines Einkaufszettels ging es auch problemlos.
Da er angeblich handwerklich begabt wäre, machte er sich auch schon an die ersten Reparaturen im Haus. Paul war davon überzeugt, wenn er es früher so gut konnte, dann schafft er das jetzt auch. Tina unterstütze ihn so gut sie konnte. Sie machte ihm ständig Mut. Er würde das alles super machen. Er müsste es einfach mal öfters versuchen.
Tina gefiel diese Situation zunehmend. Sie schien zu vergessen, dass sie ihn im Grunde genommen ständig belog.
Der neue Paul war wie Knete in ihren Händen. Das Zusammenleben mit ihm war nach dem Unfall viel schöner und einfacher, obwohl sie ihn das eine oder andere mal wie ein kleines Kind behandeln musste. Aber er lies sie bestimmen. Er glaubte und vertraute ihr. Paul erhoffte sich dadurch, gesundheitliche Fortschritte zu machen.
Je länger es dauerte, desto mehr erschien Tina ihr früheres Leben mit ihm wie ein schlechter Film, der endlich vorbei sei. Die Möglichkeit und den Gedanken daran, dass sein Gedächtnis eines Tages wieder kommen könnte, verdrängte sie.
Mehr noch, sie wollte es auf gar keinen Fall mehr.

Sie schaffte es, seine Familie und die Freunde ebenfalls davon zu überzeugen, dass nur sie, als diejenige, die ihm am nächsten steht, entscheidet, was und und welcher Form er erfahren darf. So würde es in seiner Therapie abgesprochen sein. Natürlich wollte keiner etwas falsch machen, denn jeder wollte Paul helfen.

Also wurde alles, was Paul betraf, zunächst mit ihr geklärt.

Einmal bat er sie, ihm von dem Unfall zu erzählen.

Tina berichtete ihm, dass er eine kaputte Glühbirne im Schlafzimmer austauschen wollte, dabei von der Leiter fiel und mit dem Kopf gegen den Bettrahmen aufschlug. Gleichzeitig beteuerte sie, er sei immer in solchen Sachen pingelig gewesen und hätte es einfach nicht lassen können.

Das erschien Paul stimmig und logisch.

Unter anderem erfuhr Paul von Tina, dass er früher sehr gerne gekocht und all die Kochbücher, die sie Zuhause hatten, selbst gekauft hätte.

Das hätte aber leider dazu geführt, dass er zugenommen habe. Deswegen hätten die beiden beschlossen, ihre Ernährung umzustellen und Paul hätte sich neue Kochbücher und Rezepte besorgen wollen.

Das versuchte er dann tatsächlich. Denn Tina musste

wieder arbeiten gehen.
Paul war aber auf unbestimmte Zeit krank geschrieben. Er übernahm mehr oder weniger den Haushalt. Vieles fiel ihm trotzdem nach wie vor ziemlich schwer. Paul reagierte deswegen oft gereizt.
Wie kann es denn sein, dass die Sachen, die er angeblich früher gerne gemacht hätte, ihm jetzt immer noch so viel Mühe bereiten, dachte er.
Er hatte das Gefühl, er würde einfach nicht voran kommen. Die Erinnerungen blieben immer noch aus. Inzwischen, da er sich immer wieder anstrengte, gelang es ihm, einiges am Haus, was den früheren Paul kaum juckte, zu reparieren.
Tina fragte wie beiläufig, ob sie sich vielleicht um die neuen Tapeten kümmern sollten. Schließlich wollten sie das auch, wenn der blöde Unfall nicht dazwischen käme.
Paul war einverstanden. Auch das könnte ihn ein Stück weiter in Richtung seine Genesung bringen.
Sie haben gemeinsam nach und nach alle Zimmer neu tapeziert. Es war nicht einfach, Paul war auf die Unterstützung von Tina angewiesen. Aber das, was sie ihm sagte, führte er ohne Widerrede durch, was ihr absolut gefiel.
So vergingen einige Monate.

Mittlerweile kochte er auch ganz passabel und probierte tatsächlich, kalorienarme Gerichte zu zubereiten.
Wenn Tina abends nach Hause kam, war bereits die meiste Arbeit im Haushalt, wenn auch nicht immer geschickt genug, erledigt. Aber sie war zufrieden und lobte Paul überschwänglich, er würde es beinahe schon so wie früher machen.
Beinahe, dachte Paul. Das ist es. Wann werde ich endlich das Gefühl haben, dass es wirklich mein Leben sei? Warum kommt mir alles,was ich mache, immer noch so fremd vor? Solche Zweifel kamen ihm immer öfter.
Da aber die Möglichkeit bestand, dass er nie wieder sein komplettes Gedächtnis zurück erlangen würde, versuchte er sich auch mit diesem Gedanken abzufinden.
Selbstverständlich erzählte ihm Tina auch, er würde genau wie sie gerne Rotwein trinken. Außerdem hätten sie früher oft gemeinsam auf der Couch gesessen, sich schöne Filme angeguckt und mit einem Glas Rotwein in der Hand nett unterhalten.
Als Paul es mit ihr tat, fragte er sich jedes mal, ob es wirklich die Sorte Rotwein wäre, die er früher gerne trank.
Denn er konnte sich einfach nicht vorstellen, dass er

einmal diesen Geschmack mochte.
Paul war ein Biertrinker. Tina hatte aber vorausschauend eine Kiste Bier, die noch seit seinem Unfall im Keller stand, entsorgt.
Was sie aber am meisten genoss, waren gemeinsame Shoppingtouren mit ihm. Natürlich wäre Paul schon immer gerne mitgekommen. Er würde zum Glück nicht zu der Sorte Männer gehören, die das Shoppen mit ihren Frauen hassten und höchstens die Rolle der Tütenträger erfüllten.
Auch nicht so einer, der in jedem Geschäft schon nach zwei Minuten fragen würde, ob seine Frau denn endlich fertig sei. Viele würden schon nach dem zweiten Geschäft die Augen verdrehen, aber Paul doch nicht. Er wäre der beste Shoppingbegleiter der Welt.
Sonst wäre sie mit ihm auch nicht zusammen.
Doch in Wirklichkeit fand er solche Shoppingtouren extrem anstrengend. Die vielen Menschen um ihn herum gingen ihm auf die Nerven. Es war ihm auch ziemlich egal, was Tina für sich kaufte, Hauptsache, sie wäre endlich fertig.
Natürlich verbarg Paul seinen Unmut, da Tina ihm doch nur dabei helfen wollte, ihn an sein früheres Leben zu erinnern.
Eines Tages kaufte Tina zwei Karten für eine neue

Vorstellung am Theater in ihrer Stadt. Paul war zwar etwas verwundert darüber, dass er scheinbar ein großer Kulturkenner wäre, aber vielleicht würden die Eindrücke, die er dort bekommen würde, ihn auf der Suche nach seinem früheren Ich unterstützen.
Die Vorstellung war am Samstag Abend. Es ging um ein Beziehungsdrama, wobei einer der Protagonisten sich am Ende das Leben nehmen sollte.
Das ganze Stück wurde von zwei Schauspielern gespielt. Einem Mann und einer Frau.
Es gab wenig Handlung, nur sehr lange Dialoge und Monologe. Irgendwann kam es Paul vor, als würden diese schon Stunden dauern. Eigentlich konnte er bereits nach einer halben Stunde dieser Geschichte nicht mehr folgen, saß aber tapfer da. Schaute nach vorne, war jedoch mit seinen Gedanken ganz woanders.
Tina drehte sich oft zu ihm und fragte ihn leise, ob er die eine oder andere Stelle gut finden würde. Paul sagte entweder ja, könnte besser sein oder nein.
Dabei versuchte er, sehr überzeugend zu wirken, damit es Tina nicht auffällt, dass er von dem ganzen Stück schon komplett gelangweilt war.
Als sie sich noch einmal zu ihm drehte und wieder etwas fragen wollte, sagte er, sie solle bitte damit aufhören, es würde ihn beim Zuhören stören. In

Wirklichkeit nervte ihn ihre Fragerei.

So ging es weiter.
Tina erzählte Paul immer neue Einzelheiten aus seinem früheren Leben.
Er schien ein großartiger Kavalier gewesen zu sein, mit gutem Geschmack für Musik und Bücher. Dabei fiel ihm auf, dass sie hauptsächlich nur Kochbücher und Liebesromane zu Hause hatten. Aber Tina erklärte es damit, dass er all seine Bücher, die er bereits gelesen hätte, einem Obdachlosenheim gespendet hätte und für sich dann im Laufe der Zeit neue besorgen wollte.

Eines Tages kam etwas, was Tina insgeheim nicht begrüßte, aber auch nicht mehr vermeiden konnte.
Sie waren zum Essen beim Pauls besten Freund Matthias eingeladen. Den kannte er schon seit seiner Schulzeit. Das machte Tina unruhig. Denn wer weiß, wie Paul auf ihn reagieren würde.
Laut Ärzte konnten sich die Menschen, die ähnliche Diagnosen bekommen haben, umso besser an die Dinge erinnern, je länger die in der Vergangenheit lagen.
Tina war mittlerweile von dem Wunsch besessen, Paul solle nie wieder seine wahre Identität erfahren.

Also versuchte sie schon vollkommen bewusst, die Situationen, die sein Gedächtnis auf eine besonders intensive Art und Weise stimulieren könnten, zu vermeiden.
Die erste Zeit nach dem Unfall gelang es ihr noch ganz gut. Da lautete ihr wichtigster Argument, Paul bräuchte noch sehr viel Ruhe.
Doch nach einem halben Jahr würde es wahrscheinlich schon auffallen.
Trotzdem überlegte sie sich, wie sie unerwartete Dinge so gut wie möglich unter Kontrolle haben könnte. Tina rief vorher Matthias und seine Frau an.
Dabei erzählte sie, die Amnesie hätte leider ganz stark die Persönlichkeit von Paul verändert.
Ihnen würden womöglich viele Sachen auffallen, die sie sich nicht erklären könnten, aber sie sollten es bitte nicht offensichtlich zeigen, um Paul nicht zusätzlich zu verunsichern.
Was zum Teil im Bezug auf die Amnestiepatienten durchaus stimmte.
Da Tina mittlerweile schon sehr weit gegangen war, um ihrem Ziel, ein neues Leben mit Paul zu beginnen, näher zu sein, konnte sie nichts mehr dem Zufall überlassen.
Dann kam das Wochenende und der Besuch bei den Freunden stand an.

Paul verspürte vor dem Besuch große Unruhe, da er sich an Matthias nicht erinnern konnte.
Er hoffte aber, da er jetzt wusste, dass Matthias sein bester Freund sei, von ihm möglicherweise Impulse zu bekommen, die sein Gedächtnis aktivieren könnten. Als Matthias die Tür seines Hauses öffnete, entstand für ein paar Sekunden eine Pause, in der sich die beiden Freunde anguckten. Der eine war eher vorsichtig und verunsichert, wollte nichts falsches sagen, und wartete ab, was passiert. Der andere merkte aber, dass ihm das Gesicht seines angeblich besten Freundes nichts sagt. Tina griff ein und begrüßte als erste den Matthias. Dieser fing sich wieder ein und grüßte die beiden sehr höflich, was ein wenig distanziert wirkte. Früher hätte er bei solchen Treffen dem Paul auf die Schulter geklopft und einen schwungvollen Handschlag gegeben. Aber jetzt, da er begriff, dass Paul ihn nicht erkannte, hielt er sich natürlich zurück. Auch Matthias` Frau merkte sofort, dass vor ihr nicht der Paul stand, den sie einmal kannte. Paul selbst zeigte keine Emotionen, und beobachtete eher die ganze Situation. Tina unterhielt sich allein mit den Gastgebern. Alle drei vermieden es, das Thema Amnesie anzusprechen, da Paul daneben saß und es mitbekommen hätte.
Es war eher ein oberflächlicher Smalltalk.

Nur als Tina kurz in der Küche war, um Matthias` Frau zu helfen, fragte diese, wie es denn beiden gehen würde. Sie berichtete, dass er im Alltag schon sehr viele Fortschritte machen würde. Natürlich würde ihr gemeinsames Leben auf Grund der Amnesie anders aussehen, als früher, aber sie würde ihn immer wieder dabei unterstützen, und hoffe, dass sein Gedächtnis irgendwann mal wiederkehren würde. Matthias´ Frau bewunderte Tina und wünschte ihr noch viel Kraft dabei.
Inzwischen bereitete Matthias für alle Getränke vor und fragte vorsichtig Paul:
„Ein Bierchen vielleicht?".
Da Tina behauptete, er sei angeblich ein Weintrinker, wollte er schon höflich ablehnen, doch in diesem Moment passierte das, was wahrscheinlich so oder so hätte passieren müssen. Matthias, der ein sehr geselliger und lustiger Typ war, verplapperte sich:
"Das war unsere Lieblingssorte, die fehlte auf keiner Party, und feiern konnten wir schon immer ziemlich gut.", während er das sagte, zeigte Matthias auf die Bierflasche.
Man konnte sogar eine gewisse Sehnsucht in seiner Stimme erkennen.
Ja, Matthias vermisste seinen besten Kumpel.
Paul verblüffte diese Aussage und er entschied sich

doch, dieses Bier zu probieren. Als er den ersten Schluck machte, schmeckte ihm dieser auf Anhieb. Das verwirrte ihn ein wenig. Er trank weiter und merkte deutlich, dass das Bier ihm nicht nur gut schmeckte. Paul genoss es regelrecht, wie etwas, was man seit langer Zeit vermissen würde.
Matthias schaute ihn dabei an und bemerkte einen leichten Anflug von Freude, die Pauls bis dahin ernsthaftes Gesicht zeigte.
Währenddessen kamen Tina und Matthias´ Frau zurück aus der Küche. Tina sah ein Bierglas in Pauls Hand. Sie erschrak innerlich, zeigte aber nichts nach außen. Zum Glück schien Pauls Verhalten unverändert zu sein. Nur als Matthias ihn später fragte, ob er denn noch etwas trinken möchte, entschied sich Paul diesmal klar und deutlich für ein zweites Glas Bier.
Ansonsten passierte zur Erleichterung von Tina nichts mehr auffälliges an diesem Abend.
Als die beiden gingen, sagte Matthias zu seiner Frau: „Weißt du, ich glaube, das Bier hat dem Paul anscheinend sehr gut geschmeckt. Es kann doch sein, dass er anfängt, sich an etwas zu erinnern. Vielleicht sollten wir uns ab jetzt wieder öfter treffen?“
„Man könnte es jedenfalls versuchen. Heute Abend

war es doch nur ein Anfang. Klar ist es nicht der Paul von früher. Aber er ist dein bester Freund und eine Amnesie kann sich auch zurückbilden.“, antwortete seine Frau.
„Aber ist es dir nicht aufgefallen, dass Tina sich etwas komisch verhalten hat?“, fragte sie dann.
„Ja, doch, sie lies ihn kaum eine Minute aus den Augen. Ich musste die ganze Zeit aufpassen, dass ich bloß nichts falsches sage.“, antwortete Matthias.
„So eine Situation ist unglaublich schwer. Stell dir vor, der Mensch mit dem du zusammen gelebt hast, auf einmal ein ganz anderer ist. Es ist, als ob du mit einem fremden zusammen leben würdest, der aber wie dein Partner aussieht. Sie hat nach dem Unfall mit Sicherheit viel gelitten. Deswegen passt sie jetzt anscheinend besonders gut auf, damit Paul nicht unnötig zusätzlich gestresst wird.“, mutmaßte seine Frau.

Zuhause angekommen, fragte Tina:
„Wie fühlst du dich? War es nicht zu anstrengend?“
„Es geht mir gut.“, antwortete Paul und fragte dann:
„Du hast mir erzählt, dass ich früher gerne Wein getrunken hätte. Aber das Bier heute Abend hat mir auch ganz gut geschmeckt. War es früher auch so? Oder ist es jetzt nur ein Zufall?“ Tina suchte schnell

nach einer plausiblen Erklärung dafür. Paul sollte auf gar keinen Fall an ihren Aussagen zweifeln, dachte sie.
„Na ja, ab und zu hast du beim Matthias auch ein Bier getrunken. Wenn ihr Männer unter euch seid, dann trinkt ihr natürlich eher Bier als Wein. Aber Zuhause hatten wir nur Wein und unsere Abende zu zweit, mit einem Glas Wein haben uns immer sehr viel Spaß gemacht.“, sagte sie und versuchte dabei so unschuldig wie möglich zu lächeln. Das Thema war damit erst mal vom Tisch.
Da Paul sich seit seinem Unfall anders ernährte, nahm er in dieser Zeit etwas ab. Tina gefiel diese optische Veränderung an ihm. Sie fand ihn so viel attraktiver und anziehender als vorher. Da sie bereits mit der fixen Idee lebte, sie würde jetzt mit Paul von vorne anfangen, hoffte sie, dass auch ihr Intimleben einen neuen Schwung bekommen würde.
Noch passierte zwischen den beiden nichts. Tina wartete auf den richtigen Moment, um nichts zu überstürzen. Es wäre noch zu früh, dachte sie. Paul bräuchte noch Zeit zum Ankommen.
Aber ihm selbst war noch völlig unklar, was er für sie empfinden würde.
Auf der einen Seite stand es fest, dass sie seine Frau sei. Auf der anderen Seite spürte er keine

nennenswerten Emotionen ihr gegenüber. Paul schob es aber auch auf seine Amnesie und hoffte, dass es sich eines Tages ändern würde.
Für Tina wiederum war ihre jetzige Beziehung mit Paul fast ideal. Alles schien nach ihren Wünschen zu laufen. Dass diese Beziehung auf einer Lüge aufbaut und sie Paul manipuliert, in dem sie seinen Gedächtnisverlust ausnutzt, verdrängte sie einfach.
Wäre es denn besser, wenn wir uns trennen würden?, fragte sie sich. Ich tue dem Paul doch nichts schlimmes an. Es geht ihm doch gut so.
Am Abend nach dem Besuch beim Matthias verspürte Tina Lust auf Sex. Sie wollte, dass es heute Abend passiert. Ihr war klar, dass sie die Initiative ergreifen müsste. Ich setze einfach meine weiblichen Reize ein, dachte sie. Da würde Paul bestimmt schon schwach werden.
Nach dem Duschen ging Paul zuerst ins Bett. Sie wollte etwas später nachkommen.
Tina zog unauffällig ihr neues Negligee an, das sie sich vor kurzem für diesen Anlass kaufte. Sie wollte so sexy wie möglich aussehen. Es war schwarz und durchsichtig. Darunter hatte sie nichts an. Es muss Paul anregen, dachte sie. Tina kam langsam ins Schlafzimmer.
Sie lächelte ihn verführerisch an. Dann setzte sie

sich auf die Bettkante zu ihm und wartete einen Moment lang auf seine Reaktion.
Paul schaute zwar sehr überrascht, unternahm aber nichts dagegen. Für Tina war es ein Zeichen dafür, dass er es womöglich auch wollen würde.
Sie nahm langsam seine Decke weg. Dann streichelte sie ganz liebevoll mit ihrer Handoberfläche über seinen Hals. Danach bewegte sie ihre Hand langsam immer tiefer. Zuerst über seine Brust, dann über seinen Bauch. Als nächstes griff Tina sanft in Pauls Boxershorts und fing an, seinen Penis zu massieren. Dann bückte sie sich zum Paul und küsste ihn auf den Mund, während sie merkte, wie sein Glied in ihrer Hand immer härter wurde.
Na also, dachte sie in diesem Moment triumphierend. Er will es auch.
Pauls Körper reagierte zwar tatsächlich auf Tinas Annäherungsversuch, aber gefühlsmäßig war ihm immer noch nicht klar, was er denn jetzt für sie empfinden würde.
Trotzdem lies er sie weiter machen. Sie zog seine Shorts runter, massierte sein Glied mit der Hand weiter und setzte sich dann langsam darauf. Dabei stöhnte Tina laut auf, weil sie schon sehr lange auf diesen Moment gewartete. Dann fing sie an, sich hin

und her zu bewegen. Zuerst noch langsam, doch je länger es dauerte, desto erregter wurde sie und bewegte sich immer intensiver dabei.
Paul machte seine Augen zu und blieb passiv liegen. Tina störte es aber nicht, denn sie bekam was sie wollte. Sie genoss es, stöhnte immer lauter und als sie zum Höhepunkt kam, schrie sie: „Oh, jaaa!"
Dann glitt sie langsam vom Paul runter und blieb neben ihm schwer atmend und erschöpft liegen.
Nachdem sie sich etwas erholte, schaute sie Paul an und fragte: „Hat es dir gefallen, Schatz?"
Er sagte nichts, nickte aber mit dem Kopf. Dann nahm sie wieder sein Glied in die Hand, und massierte es solange, bis Paul laut ein-und ausatmete und ebenfalls zum Höhepunkt kam.
Sie lagen noch eine Weile nebeneinander da.
„Oh Schatz, das war sehr schön.", sagte Tina dann zum Paul.
„Ja. Das war es.", antwortete er ruhig. Insgeheim erwartete Tina eine andere Reaktion von ihm. Aber sie war bereits sehr zufrieden, dass es endlich so weit kam. Er würde ganz sicher noch Gefühle mir gegenüber entwickeln, dachte sie zuversichtlich.
Dann duschten sie sich nacheinander und gingen wieder ins Bett.

Das gemeinsame Leben mit Paul lief für Tina so perfekt ab, dass sie immer mehr versuchte, wie eine Spinne ein Netz um ihn zu bauen, und ihn so weit wie möglich von der Außenwelt abzuschirmen. Es war natürlich nicht leicht und immer möglich. Aber alles, was Tina mit Paul oder er allein unternahm, wurde von ihr fast schon akribisch durchdacht.
Zwei Wochen später rief Matthias wieder an. Er wolle mit ein Paar Kumpels am Wochenende gemeinsam ein Fußballspiel anschauen. Ob Paul auch kommen könnte? Das wäre doch sein Lieblingssport gewesen.
Dass Fußball tatsächlich Pauls Lieblingssportart war, erwähnte sie ihm gegenüber natürlich nicht. Denn er war früher deswegen sehr oft mit seinen Freunden weg. Am Anfang der Beziehung störte es Tina nicht. Solange er auch viel Zeit mit ihr verbrachte. Aber in letzter Zeit war Fußball für Paul meistens ein Grund, unterwegs und nicht mit ihr Zuhause zu sein.
Nein. Das konnte Tina nicht zulassen. Nicht jetzt, wo es scheinbar so gut lief zwischen ihr und Paul.
Sie erzählte Matthias, Paul hätte in den letzten Tagen öfters Kopfschmerzen gehabt. Laut Ärzte wären es Folgen seines Unfalls. Dementsprechend bräuchte er im Moment wieder mehr Ruhe.
Matthias bedauerte es und wünschte Paul gute

Besserung.
Selbstverständlich erfuhr Paul nichts von diesem Gespräch.
Wenn eine Frau sich etwas in den Kopf setzt, wird sie sehr erfinderisch und wenn es ihrem Ziel dient, auch skrupellos.
Da Pauls Gefühlswelt auf Grund der Amnesie praktisch lahm gelegt wurde, wartete und hoffte Tina darauf, dass er sich in sie neu verlieben würde. Sie selber umgab ihn mit so viel weiblichem Charme, dass es, wie sie glaubte, für Paul fast unmöglich sein würde, keine Gefühle für sie zu entwickeln.

Der Unfall geschah im Dezember. Es vergingen Monate. Das Gedächtnis von Paul kehrte aber immer noch nicht zurück.
Tina freute sich innerlich. Paul lebte immer mehr im Hier und Jetzt, nutzte natürlich dabei seine neue Fähigkeiten und fand sich fast schon damit ab, sich nie wieder an sein früheres Leben zu erinnern. Zumal auch die Prognose seiner Ärzte nicht mehr so optimistisch war, wie noch kurz nach seinem Unfall. Denn je länger die Erinnerungen weg blieben, desto kleiner wurde die Wahrscheinlichkeit, dass sie jemals wieder kämen.
Hinter ihrem Haus befand sich ein großer

Kinderspielplatz. Beim guten Wetter spielten da oft Kinder unterschiedlichen Alters. Da Paul immer noch zuhause blieb, arbeitete er ab und zu im Garten, dabei sah und hörte er die Kinder dort spielen.
Eines Tages beobachtete Paul, wie zwei Jungs, die etwa acht oder neuen Jahre alt waren, dort Fußball gespielt haben. Ein Tor gab es zwar nicht auf dem Spielplatz. Also nutzten sie den Freiraum zwischen zwei Bänken als Tor. Einer stellte sich dahin und spiele den Torwart, und der andere versuchte natürlich, ihn zu überlisten und ein Tor zu schießen.
Beim dritten Versuch gelang es ihm endlich und er schrie vor Freude:
„Tor!Tor!Tor!“ In diesem Moment lief es dem Paul eiskalt über den Rücken.
Er hatte deutlich das Gefühl, er hätte etwas ähnliches schon einmal selbst erlebt. Die Bilder kamen plötzlich wie aus dem Nichts. Er, ungefähr genau so alt wie die beiden Jungs da draußen. Es ist ein warmer Sommerabend. Ein Junge steht im Tor, in einem richtigen, Paul tritt mit voller Kraft gegen den Ball, und trifft ins Tor!
„Tooor!!!“, schreit er dann im nächsten Moment.
Ich habe als Kind Fußball gespielt. Ich erinnere mich jetzt ganz deutlich. Dieser Gedanke traf ihn in

diesem Moment wie ein Blitzschlag.
Paul lief aufgeregt ins Haus, um es Tina zu erzählen. Dann erinnerte er sich, dass sie ja auf der Arbeit und nicht zu Hause sei. Er holte sich ein Glas kaltes Wasser, und trank es am Stück aus, um sich ein bisschen zu beruhigen. Er empfand eine unbeschreibliche Freude. Die Hoffnung wachte wieder in ihm auf. Es war also doch möglich, dass sein Gedächtnis zurück kehrt.
Er war so aufgeregt, dass er wieder in den Garten lief, um frische Luft zu schnappen. Da tauchten auf einmal neue Bilder vor seinem geistigen Auge auf. Der Junge, der im Tor stand war Matthias!
Natürlich, sein bester Freund Matthias. Sie haben beide in einer Fußballmannschaft gespielt.
Dabei lernten sie sich kennen und wurden ab da die besten Kumpels.
Paul konnte es kaum erwarten, Tina von seinen Erinnerungen zu erzählen. Er war davon überzeugt, sie würde sich mit ihm zusammen freuen.
Als sie an diesem Abend nach Hause kam, merkte sie sofort, sobald Paul ihr die Tür öffnete, er sei ganz anders als sonst. Seine Augen glänzten wieder. Das gab es seit dem Unfall nicht mehr.
Tina überkam eine böse Vorahnung. Er würde sich an etwas erinnert haben.

„Weißt du, was heute passiert ist?“, fragte Paul mit einem Lächeln auf dem Gesicht.
„Ich habe mich erinnert, dass ich als Kind Fußball gespielt habe. Und da stand Matthias im Tor. So habe ich ihn kennengelernt.“
Tina wurde es ganz komisch. Sie bekam einen Magenkrampf, musste es aber überspielen, damit Paul nichts merken würde.
„Oh Schatz, das ist doch super!“, sagte sie.
„Und kannst du dich noch an etwas erinnern?“, fragte Tina dann vorsichtig neugierig.
„Bin mir nicht sicher. Ich sehe einfach immer wieder, wie ich und Matthias Fußball spielen.“, antwortete Paul.
Also nur das, dachte Tina. Gut. Das ist nicht viel. Ich muss ruhig bleiben und abwarten. Vielleicht kommt auch nichts mehr.
Tatsächlich. In den nächsten Tagen kamen keine neuen Erinnerungen. Aber Paul wusste jetzt, er sei seiner Genesung einen Schritt näher gekommen.
Auch seine Therapeutin freute sich mit ihm, und schlug ihm vor, eventuell seinen Freund noch mal zu besuchen. Er könne dem Paul mit Sicherheit sehr viel aus ihrer gemeinsamen Kindheit erzählen. Jetzt wäre der Zeitpunkt richtig dafür, da er von sich aus angefangen habe, sich zu erinnern.

Paul fand die Idee gut, und bat Tina um Matthias´ Telefonnummer, da sein Handy angeblich kurz vor dem Unfall verloren ging.
Es ging nicht verloren. Aber Tina wollte nicht, dass Paul eine Möglichkeit habe, an seine alten Kontakte ran zu kommen.
Deswegen vernichtete sie es.
Sie selber war von dieser Idee natürlich überhaupt nicht begeistert. Ihr Kartenhaus, das sie seit Monaten so vorsichtig und trotzdem zielstrebig aufbaute, begann zu wackeln.
Tina erzählte Paul, Matthias und seine Frau wären für einige Wochen verreist also sowieso nicht Zuhause. Das hätte ihr angeblich die Frau von Matthias erzählt, als sie da zu Besuch waren.
Paul glaubte ihr und wartete auf den Zeitpunkt, wann er endlich mit seinem Freund reden könnte.

Es vergingen noch zwei Wochen. Zur Erleichterung von Tina passierte in dieser Zeit nichts mehr besonderes.
Sie hoffte schon, diese eine Erinnerung von Paul bleibe eine Ausnahme. Viele Amnestiepatienten hätten trotz einiger Erinnerungen große Gedächtnislücken.
Doch leider erfüllte sich ihre Hoffnung nicht mehr.

Da Paul sehr oft tagsüber allein zu Hause war, fing er erneut an, sich seine alten Fotos anzugucken.
Noch vor einem Monat sah er scheinbar fremde Menschen in fremden Umgebungen darauf.
Nichts sagte ihm was.
Doch jetzt fiel ihm besonders ein Foto auf. Da war eine Fußballmannschaft abgelichtet. Es waren alles Jungs, die höchstens zwölf oder dreizehn Jahre alt waren. Ein Junge in der Mitte hielt stolz ein Pokal in seinen Händen. Das Foto wurde anscheinend nach einem gewonnenen Turnier gemacht.
Links außen stand ein junger Mann. Wahrscheinlich der Trainer. Alle lächelten zufrieden in die Kamera. Es war der Junge mit dem Pokal in der Hand, der Pauls Aufmerksamkeit erweckte. Jetzt wusste er zweifellos, das sei Matthias gewesen. Paul erinnerte sich immer deutlicher an diese Zeit. Matthias war nicht nur der Torwart, sondern auch der Kapitän in ihrer Mannschaft. Als er den Jungen, der rechts neben ihm stand, genau ansah, bekam Paul Gänsehaut. Er erkannte sich selbst. Paul war einen halben Kopf kleiner als Matthias. Aber dieser war auch ein Jahr älter.
Paul war den Tränen sehr nahe. Es war eine schöne Zeit, und er kann sich jetzt endlich daran erinnern. Dann kam ihm der Name Martin in den Sinn.

Warum Martin?, überlegte er. Er schaute sich das Foto noch mal an. Natürlich, fiel es ihm jetzt ein. So hieß unser Trainer. Der junge Mann, der ebenfalls auf dem Foto zu sehen war, war ihr Trainer und er hieß Martin.
Aber warum erzählte ihm Tina bis dahin nicht, dass er als Junge gerne Fußball gespielt hätte, fragte er sich.
Paul dachte sich aber noch nichts dabei. Sie haben sich doch viel später kennengelernt. Es kann also sein, dass für sie diese Tatsache von keiner großen Bedeutung wäre.
Genau so klang Tinas Erklärung dafür, als Paul sie an diesem Abend darauf ansprach.
Also hat sich dieses Thema für die beiden scheinbar erst mal erledigt.
Aber nicht für Tina. Noch mehr Erinnerungen, dachte sie. Noch mehr Fragen. Sie musste ab jetzt bereit sein, möglicherweise auch unbequeme Fragen von Paul zu beantworten. Er darf keinen Verdacht schöpfen, überlegte sie weiter. Alles, was ich ihm sage, muss plausibel klingen.
Pauls Gedächtnis lieferte zwar nach und nach einige Erinnerungen aus seiner Kindheit. Aber mehr kam zur Freude von Tina nicht. Wie lange es dauern und ob sein Gedächtnis überhaupt jemals richtig

funktionieren würde, war natürlich noch vollkommen ungewiss.

Drei Tage später geschah etwas, womit weder Tina noch Paul rechnen konnten.
Sie bat ihn immer, in einem bestimmten Laden einzukaufen. Laut Tina wären die Lebensmittel dort besonders hochwertig.
In Wirklichkeit lag dieser Laden außerhalb ihrer Ortschaft, und somit war die Wahrscheinlichkeit nicht sehr groß, dass Paul dort Menschen treffen könnte, die ihn kennen würden.
Doch an diesem Tag verspürte er Lust, einfach woanders einzukaufen. Mehr noch. Paul wollte sie sogar damit überraschen und ihr zeigen, er könne schon einiges selbständig machen.
Also kaufte er in einem anderen Laden ein. Der auch etwas näher an ihrem Haus lag.
Wie das Schicksal so wollte, kaufte auch Matthias im selben Laden zur selben Zeit ein.
Paul sah ihn schon von weitem, und ging direkt auf ihn zu. Er war sehr aufgeregt. Jetzt wusste er genau, wer das sei, und hätte deswegen so viele Fragen an ihn.
Matthias sah Paul ebenfalls. Für einige Sekunden war er noch verunsichert, wie er sich denn jetzt ihm

gegenüber geben sollte. Doch Paul fing als erster an, zu sprechen:
„Hallo Matthias“, sagte er lächelnd zu seinem Freund.
„Ich kann mich jetzt an dich erinnern. Ich wollte dich noch anrufen, wusste aber nicht, dass ihr im Urlaub gewesen seid. Ich würde mich gerne mit dir unterhalten. Ich möchte, dass du mir so viel wie möglich über mich erzählst.“, fuhr Paul fort.
Matthias war sichtlich erleichtert, dass er ab jetzt nichts mehr falsches sagen würde.
„Echt? Das ist ja toll. Ich freue mich für dich Kumpel“, sagte er und umarmte Paul, dem in diesem Moment sogar ein paar Tränen flossen.
„Hey.“, sprach Matthias weiter, als er Pauls Tränen sah.
„Es wird alles wieder gut. Aber wir waren nicht im Urlaub. Wir hätten uns auch früher treffen können.“
„Nein? Komisch. Tina hat es mir gesagt. Aber okay. Vielleicht hat sie auch etwas verwechselt.“, überlegte Paul.
„Ich habe jetzt Zeit. Sollen wir gleich ein Bierchen trinken gehen, wie in den guten alten Zeiten?“, fragte Matthias grinsend.
„Natürlich. Ich habe sowieso viel Zeit.“, antwortete Paul und die beiden lachten.

Als sie eine Stunde später im nächstgelegenen Biergarten saßen, sprach hauptsächlich Matthias.
Paul hörte die meiste Zeit nur zu. Viele Dinge, die sein Freund ihm erzählte, klangen noch sehr befremdlich für ihn. Jedoch an seine Zeit als Fußballspieler erinnerte er sich schon fast vollständig.
Matthias erzählte ihm unter anderem auch viele lustige Geschichten aus ihrer gemeinsamen Jugend. Er und Paul hätten in der Schule und auch später schon viel Blödsinn gemacht.
Einmal wollten sie in einem Kiosk ein paar Flaschen Bier klauen. Wurden dabei aber dummerweise erwischt.
Dann fuhren sie die Polizisten in einem Streifenwagen nach Hause. Natürlich gab es einen riesigen Ärger von den Eltern und dazu noch einige Tage Hausarrest.
„Ich glaube, ich weiß jetzt wie es mit dem Bier klauen war.“, sagte Paul und machte eine kurze Pause, um weiter nachzudenken.
„War das nicht meine Idee? Ich war kleiner und dünner als du und wollte durch das kleine Fenster im Abstellraum in den Kiosk klettern. Man hat vergessen, es zu zu machen“.
„Ja! So war es! Weißt du, wenn wir noch länger hier

sitzen bleiben, dann erinnerst du dich echt an alles!“, sagte Matthias lächelnd.
„Das wäre schön.“, antwortete Paul nachdenklich.

Als Paul zuhause ankam, wollte er natürlich sofort mit Tina darüber reden. Es war doch toll, dass er Matthias getroffen und von ihm soviel erfahren hätte. Paul nahm sich vor, auf gar keinen Fall mehr den Kontakt zu seinem alten Freund zu verlieren.
Schon wieder waren die Schauspielkünste von Tina gefragt. Auch das überspielte sie geschickt und zeigte nach außen, wie sehr sie sich für ihn freuen würde.
Auf die Anmerkung von Paul, Matthias und seine Frau wären nicht im Urlaub gewesen, reagierte sie ruhig und gefasst. Möglicherweise hätte sie es falsch verstanden und den Zeitpunkt verwechselt.
Aber in Wirklichkeit packte Tina mittlerweile eine sehr große Unruhe. Wie würde es weiter gehen mit ihnen beiden? Was, wenn Paul sich doch an alles erinnert? Was soll ich jetzt tun?
Sie wusste, für sie gäbe es keinen Weg zurück. Zu sehr verstrickte sie sich in ihre Lügen.
Jetzt musste Tina sich der gegebenen Situation anpassen. Noch war nicht alles verloren. Kindheitserinnerungen bedeuteten für sie eigentlich

nichts schlimmes. Damals kannten sich die beiden sowieso nicht.
Die letzte Zeit vor dem Unfall, daran dürfe sich Paul nicht erinnern. Er dürfe nicht mehr wissen, dass er in Wirklichkeit für sie wahrscheinlich nichts mehr empfinden würde.
Es geschah nämlich etwas, was Tina immer mehr klar wurde. Sie verliebte sich erneut in Paul.
Sie lebte in den letzten Monaten die Art der Beziehung aus, die sie sich schon immer gewünscht hatte. Wenn Paul also die Wahrheit erfahren würde, würde ihre ganze Welt, auch wenn sie auf einer Lüge beruhte, zusammenbrechen.
Sie überlegte in der nächsten Zeit ständig, welche Fragen ihr Paul ab jetzt stellen könnte. Tina wollte nichts dem Zufall überlassen. Sie wollte auf alles vorbereitet sein.
Sie versuchte weiterhin, Paul so weit es ging von seiner Außenwelt abzuschirmen. Ab sofort natürlich viel vorsichtiger und unauffälliger als vorher. Es dürfe ihm auf gar keinen Fall komisch vorkommen.
Tina gefiel es zwar nicht, dass Paul immer öfter allein mit seinem Auto unterwegs war. Aber sie musste erstens arbeiten gehen und zweitens war es ihr kaum möglich, ihm das zu verbieten. Zumal er sowieso für die Einkäufe für sie beide zuständig war.

Trotzdem wollte sie immer wissen, was er vorhätte, da sie sich selbstverständlich immer noch Sorgen um ihn machen würde.
Wenn es ihr nicht passte, was Paul unternehmen wollte, versuchte sie ihn geschickt davon abzulenken, indem sie ihn mit anderen angeblich wichtigen Dingen beauftragte. Die meisten davon betrafen natürlich das Haus, so dass er mehr Zeit da verbringen musste.
Paul mochte es aber, allein mit seinem Auto unterwegs zu sein. Es gab ihm das Gefühl einer gewissen Normalität in seinem Leben. Er vergaß dabei für einige Zeit seine Krankheit.
Pauls Erinnerungen stagnierten leider wieder. Seit Wochen kamen keine neuen Bilder aus seinem Gedächtnis.

Der Sommer kam. Es war der erste sehr sonnige und warme Nachmittag in diesem Jahr und Paul wollte einfach so eine Runde mit seinem Auto fahren. Tina wusste nichts davon. Es war eine spontane Idee von ihm.
Eigentlich wählte er kein bestimmtes Ziel. Einfach mal durch die Gegend fahren und die Umgebung genießen. So fuhr Paul auf eine Landstraße, wo er etwas mehr Gas geben konnte.

Für eine Sekunde blendete ihn die Sonne, und er bremste vorsichtshalber. Es war aber leider zu spät. Im nächsten Moment schon hörte er eine laute Hupe und knallte mit seinem Auto in etwas großes. Zum Glück funktionierten die Airbags in seinem Auto einwandfrei. Es blieb stehen.
Es hat eine Zeit lang gedauert, bis Paul einigermaßen klar denken und analysieren konnte, was passiert sei. Da hörte er, wie jemand an sein Fenster klopfte und versuchte, seine Tür aufzumachen.
Er machte sie dann selbst auf.
„Wie geht es Ihnen? Ist alles in Ordnung? Haben Sie Schmerzen?“, fragte ihn besorgt ein älterer Mann.
„Ich glaube nicht.“, antwortete Paul noch ziemlich benommen.
„Ich rufe jetzt die Polizei und den Notarzt an.“, sagte der Fremde, ging zur Seite und holte sein Handy aus der Jackentasche.
Paul stieg langsam aus seinem Auto aus. Schmerzen spürte er tatsächlich keine. Ihm wurde nur etwas schwindelig. Paul sah sich um. Sein Auto war vorne sehr stark beschädigt. Die Motorhaube ging wahrscheinlich bei dem Aufprall auf und es qualmte aus dem Motor. Vor ihm stand ein großer Trecker. Darein krachte er also mit seinem Auto.

Der ältere Mann, der ihn gerade ansprach und jetzt mit seinem Handy telefonierte, war anscheinend ein Bauer, der mit seinem Fahrzeug unterwegs war.
Polizei und Krankenwagen kamen relativ zügig. Routinemäßig befragten die Polizisten beide Beteiligten. Auf die Fragen der Polizisten antwortete Paul sehr fahrig. Deswegen baten diese die Sanitäter, ihn vorsichtshalber ins Krankenhaus mitzunehmen. Nach dem die Polizisten den Unfallhergang und seine Ursache feststellten, ließen sie Pauls Auto abschleppen.
Danach benachrichtigten sie Tina, die natürlich sofort ins Krankenhaus fuhr, um beim Paul zu sein.
Zum Glück wurden bei ihm keine schwerwiegenden Verletzungen festgestellt. Die Ärzte schlugen trotzdem vor, er solle für alle Fälle über Nacht im Krankenhaus bleiben.
Tina war die ganze Zeit bei ihm. Paul wirkte zwar erschöpft aber nicht verwirrt. Er wollte, dass Tina nach Hause fahren und sich keine Sorgen mehr machen sollte. Am nächsten Tag könne er wahrscheinlich abgeholt werden.
Paul konnte lange nicht einschlafen. Er hatte Kopfschmerzen, bekam Medikamente dagegen, und schlief irgendwann mal doch ein.
Er träumte sehr unruhig. Die Bilder, die er im Traum

sah, waren ohne einen ersichtlichen Zusammenhang, sie wechselten sich schnell. Mal sah er sich als Kind, mal als Erwachsenen. Es passierten unterschiedlichste Ereignisse an unterschiedlichen Orten.

Paul wachte relativ früh auf. Er lag da, und starrte auf das Bild, das an der Wand in seinem Krankenhauszimmer hing. Es war noch ruhig auf der Station.

Paul erinnerte sich daran, wie er vor einem halben Jahr nach seinem vorherigen Unfall im Krankenhaus aufwachte und nicht mehr wusste, wer er sei.

Zum Glück ist es jetzt anders, dachte er noch, als ihm auf einmal klar wurde, etwas sei tatsächlich komplett anders als damals.

Er wusste diesmal ohne Zweifel, wer er sei und was er in seiner Vergangenheit alles erlebt habe.

Paul konnte sich wieder an sein früheres Leben erinnern.

Sein Herz schlug auf einmal viel schneller.

Er überprüfte noch mal aufgeregt seine Gedanken. Vielleicht waren es noch Träume, die nach wirkten.

Er sah aber deutlich unter anderem Bilder seiner Einschulung vor sich. Dann das letzte und entscheidende Tor, das er geschossen hat, als seine Mannschaft ihr erstes Turnier gewann, und wie

hinterher das besagte Foto gemacht wurde.
Paul erinnerte sich daran, wie stolz er sich in diesem Moment fühlte.
Er erinnerte sich auch an die Zeit nach der Schule.
Dann sah er die Bilder seiner Hochzeit mit Tina.
Alles, oder so gut wie alles war wieder in seinem Gedächtnis präsent.
Auf der einen Seite überkam ihn in diesem Moment eine unendliche Freude, er werde doch wieder gesund werden. Auf der anderen Seite jedoch fühlte er eine gewisse Verunsicherung. Ihm wurde klar, der Paul vor seinem Gedächtnisverlust und der Paul von heute sei nicht mehr die selbe Person. Er habe sich inzwischen geändert. Aber das wichtigste sei doch, dass er sich ab sofort wieder an alles erinnern konnte. Paul versuchte, positiv in seine Zukunft zu blicken. Das schlimmste hätte er doch hinter sich.
Tina erschrak natürlich sehr, als sie die Nachricht vom Pauls Unfall bekam.
Sie dachte im ersten Moment gar nicht an sein Gedächtnis, sie dachte einfach nur an ihn.
Als Tina vom Krankenhaus nach Hause kam und wusste, es gehe dem Paul den Umständen entsprechend gut, machte sie sich keine weiteren Gedanken. Er klang im Krankenhaus nicht anders als sonst. Er müsse sich nur etwas erholen.

Am nächsten Morgen, als sie in sein Krankenhauszimmer kam, traf sie dort nicht nur auf Paul. Es standen zwei Ärzte da, die sich mit ihm unterhielten.
Der erste Gedanke von Tina war, es gäbe doch schlimme Nachrichten. Jedoch versuchte einer der Ärzte, sie zu beruhigen.
„Machen Sie sich keine Sorgen. Wir sind hier, weil ihr Mann uns heute Morgen berichtete, dass er glaube, sich wieder an alles zu erinnern. Wir wussten aus seiner Krankenakte, dass er ein Amnesiepatient ist. Wir werden unsere Kollegen, die ihn behandeln, davon in Kenntnis setzen. Ihr Mann muss dort so schnell wie möglich vorstellig werden.“, sagte er zu Tina.
Nachdem Tina diese Nachricht erfuhr, stand sie einfach da, ohne etwas sagen zu können. Es war der Moment, den sie so befürchtete und sich wünschte, er würde nie kommen.
Es fiel Tina schwer, klar zu denken. Zuviel ging ihr gerade durch den Kopf. Wie würde es jetzt weiter gehen? Wie sollte ich jetzt am besten reagieren? Und vor allem, wie würde sich Paul verhalten?
„Wirklich Paul? Das ist doch unglaublich!“, sagte sie dann doch, weil sie sich unbedingt unauffällig

verhalten wollte und umarmte Paul scheinbar liebevoll dabei.
„Ja. Ich bin sicher, dass ich mich erinnere und mir nichts einbilde. Ich sehe jetzt so viele Bilder vor meinen Augen und die sind alle real. Es passierte mit mir.“, antwortete er und erwiderte ihre Umarmung.
„Möglicherweise aktivierte der Stress, den Sie bei Ihrem Verkehrsunfall erlebten, Ihr Gedächtnis wieder. Aber das können Ihnen unsere Kollegen mit Sicherheit besser erklären. Wir sind keine Neurologen.“, sagte einer der da anwesenden Ärzte.
„Ich würde sagen, Sie können jetzt nach Hause fahren. Wir sehen keine Notwendigkeit mehr, Sie hier auf unserer Station weiter zu behalten. Sie bekommen gleich einen Entlassungsbrief von uns. Wir wünschen Ihnen weiterhin gute Besserung“, sprach er zu Paul und verließ zusammen mit seinem Kollegen sein Krankenzimmer.

Als Tina und Paul nach Hause fuhren, sprachen sie kaum miteinander. Paul musste jetzt soviel verarbeiten. Die Menge an Erinnerungen überwältigte ihn. Es kamen immer neue Bilder aus seinem Gedächtnis. Diese waren zum Teil noch recht chaotisch aber viele ergaben bereits Sinn.
Tina ihrerseits hatte Angst, etwas falsches zu sagen.

Sie wartete die Reaktion von Paul ab, um dann dementsprechend zu handeln.
Noch gab sie die Hoffnung nicht auf, Paul würde trotz seiner Erinnerungen bei ihr bleiben.
Zuhause angekommen, schaute sich Paul um und sagte: „Jetzt weiß ich ganz genau, dass ich hier gewohnt habe. Ich weiß, wo was liegt. Du brauchst mir nicht mehr zu helfen, wenn ich etwas suche.“, sagte er und lächelte dabei.
„Ja. Es ist auch gut so.“, antwortete Tina aufgesetzt heiter.
„Schön, dass wir jetzt neue Tapeten haben. Die alten waren wirklich nicht mehr zeitgemäß. Das war eine gute Idee von dir, ein bisschen zu flunkern.“, sagte Paul verschmitzt.
Tinas Herz blieb beinahe stehen, als er das sagte.
Wieder musste Tina ihre wahren Gefühle überspielen.
„Aber nur ein bisschen.“, antwortete sie und versuchte dabei ebenfalls lustig zu klingen.
„Weißt du, was ich jetzt gerne tun würde? Ich würde gerne ein Bier trinken. Ach so, das haben wir nicht Zuhause. Morgen kaufe ich mir unbedingt welches.“, fuhr Paul fort.
Tina dachte, er solle sich ruhig Bier kaufen, wenn er möchte. Wenn er damit nicht übertreibt, würde es

unsere Beziehung doch nicht wesentlich stören.
„Oh Mann! Ich glaube, ich kaufe uns Morgen noch ein paar Steaks dazu. Diesen Salat kann ich nicht mehr sehen.“, sagte Paul weiter.
„Okay.“, antwortete Tina leise.
Ansonsten verlief der Abend so wie in der letzten Zeit auch.
Tina merkte keine wesentlichen Veränderungen in Pauls Verhalten ihr gegenüber.
Einfach ruhig bleiben und sich so wie immer geben, dachte sie.
Am nächsten Tag musste sie wieder arbeiten gehen. Paul nahm sich vor, einzukaufen.
Dabei erinnerte er sich im Laden an viele Sachen, die er früher gerne aß, und kaufte diese auch.
Ihm fiel allerdings auf, dass sie keine von diesen Lebensmitteln Zuhause hätten.
Er wunderte sich ein wenig darüber. Wenn er sie einmal mochte, warum kauften sie diese nicht wieder?

In den nächsten Tagen kamen ihm immer mehr Sachen zu Hause merkwürdig vor. Vieles war ganz anders als früher. Er wusste zwar jetzt, dass er und Tina es anscheinend so wollten. Aber ihm wurde immer bewusster, dass die Ideen hauptsächlich von

ihr kamen. Er führte sie nur aus, weil Tina jedes Mal behauptete, er habe es ebenfalls früher so gewollt. Warum erzählte sie ihm, er würde gerne Rotwein trinken. Dabei wusste er jetzt ganz genau, dass es nicht stimmen würde.
Er trank nie gerne Rotwein. Er mochte keinen Salat. Er war nie gerne bei Tinas Shoppingtouren dabei. Theater? Da war er höchstens zwei mal in seinem Leben. Noch als Kind mit seiner Schulklasse. Das dritte mal war es mit Tina vor zwei Monaten. Jetzt verstand er, warum er sich da so langweilte.
Er musste sich auch eingestehen, in seinem „früheren" Leben sei er kein besonders guter Handwerker gewesen. Aber laut Tina hätte es ihm früher sogar Spaß gemacht.
Aber das aller wichtigste, woran sich Paul mittlerweile auch erinnerte, war die Tatsache, dass es in ihrer Beziehung vor seinem Gedächtnisverlust ziemlich heftig kriselte.
Seit seine Erinnerungen zurückkamen, verfolgte ihn ein komisches Gefühl, das er sich zunächst einmal nicht erklären konnte. Es betraf Tina. Als er sie in den letzten Tagen betrachtete, empfand er keine besondere Nähe zu ihr.
Liebte er sie möglicherweise nicht mehr?
Tina gab sich ihrerseits nach wie vor sehr liebevoll

ihm gegenüber. Das stimmte auch. Hier machte sie ihm nichts vor.
Doch die Zweifel an Tinas Ehrlichkeit wuchsen in Paul von Tag zu Tag.
Es waren alles keine Zufälle, fing er einige Wochen später zu begreifen an. Es sah für ihn immer mehr nach gewollten Handlungen von ihr aus.
Paul sprach sie noch nicht darauf an. Er wollte sicher sein, dass seine Verdachtsmomente Grund und Boden hätten und nicht möglicherweise auf seinen labilen psychischen Zustand nach all den Ereignissen in den letzten Monaten hinweisen würden.
Laut seiner Ärzte und Therapeutin sprach vieles dafür, dass sein Gedächtnis wieder fast ganz normal funktionieren würde. Alle Tests würden es jedenfalls bestätigen.
Mag sein, dass die eine oder andere kleine Gedächtnislücke zurück blieben würde. Aber im großen und ganzen könnte man ihn als geheilt betrachten.
Paul schob sein Unbehagen noch einige Zeit von sich weg. Jedoch musste er trotzdem schmerzhaft begreifen, Tina habe ihn die ganze Zeit nach seinem ersten Unfall manipuliert und belogen.
Der Mensch, dem er am meisten vertraute, habe ihn

in allen wesentlichen Sachen, die seine frühere Identität angingen, belogen.
Mehr noch, die Unterschiede von Paul vor seiner Amnesie und Paul nach seiner Amnesie waren so offensichtlich, dass es fast so aussah, als würde Tina ihn komplett verändern wollen.
Sie versuchte anscheinend, einen neuen Menschen aus ihm nach ihrer eigenen Fasson zu kreieren.

Dieser Gedanke wurde so unerträglich für ihn, dass er Tina eines Abends darauf ansprach, weil er es nicht mehr aushalten konnte.
Sie versuchte noch, das ganze zu leugnen. Verstand jedoch, dass ihre Träume von dem neuen schönen Leben mit Paul gerade endgültig zerstört wurden. Es war vorbei. Alles war umsonst.
„Ich wollte doch nur, dass es uns gut geht. Dass unsere Beziehung wieder funktioniert. Es ging dir doch nicht schlecht dabei. Wir haben uns auch gut verstanden. Ich hatte keine bösen Absichten.“, versuchte sie ihm weinend zu erklären.
Es klang glaubwürdig, aber Paul konnte Tina nicht mehr verzeihen. Sein Vertrauen ihr gegenüber war für immer weg. Sie nutzte seine Hilflosigkeit aus. Daran gab es keine Zweifel mehr.
„Ich werde gehen. Du hast mit mir wie mit einer

Marionette gespielt. Erwarte nicht, dass ich es dir jemals wieder verzeihen könnte.“ Er empfand Wut und große Enttäuschung Tina gegenüber.
„Bitte Paul. Gib uns noch eine Chance. Es war ein großer Fehler. Das weiß ich jetzt. Aber die Wahrheit ist doch, dass unsere Beziehung vor deinem Unfall fast kaputt war. Ich dachte, es wäre besser für dich, erst einmal zur Ruhe zu kommen. Eigentlich wollte ich dich nur beschützen.“, flehte sie ihn an und wurde immer hysterischer dabei.
„Ich liebe dich Paul, geh bitte nicht!“, schrie sie und versuchte, ihn dabei zu umarmen.
Er hielt sie aber fest und drückte von sich weg.
„Nein Tina. Du liebst nicht mich, du liebst ein Phantom, das du selber erschaffen hast.“, erwiderte Paul.
Tina setzte sich auf die Couch und weinte laut weiter. Dabei verdeckte sie ihr Gesicht mit ihren Händen.
Paul fühlte zwar Mitleid mit ihr. Konnte sich aber keine Sekunde mehr vorstellen, bei ihr zu bleiben. Die darauf folgende Nacht verbrachten die beiden in unterschiedlichen Zimmern.
Am nächsten Tag erzählte Paul Tina, dass er so schnell wie möglich ausziehen möchte. Er würde so oder so Zeit zum Nachdenken brauchen. Es wäre

besser für ihn, er würde es allein tun.

Tina war am Boden zerstört. Sie sah aber, dass Paul absolut entschlossen war, zu gehen. Es hatte keinen Sinn mehr, zu versuchen, ihn aufzuhalten.
Bevor es so weit war, unterhielten sie sich kaum miteinander, nur über das nötigste, und schliefen weiterhin getrennt von einander.
Nach einigen Wochen fand er eine kleine Wohnung. Die war nicht besonders schön. Aber Paul betrachtete das als vorübergehende Lösung. Er würde später weiter suchen. Ihm war es wichtig, erst mal aus dem gemeinsamen Haus auszuziehen.
An dem Tag, als er seine letzten Sachen mitnahm und wegfuhr, machte sich Tina einen Kaffee, setzte sich auf die Couch im Wohnzimmer und fühlte sich unendlich einsam. Ähnlich, wie kurz nach seinem ersten Unfall. Tränen liefen ihr über das Gesicht. Diesmal weinte sie lautlos. Tina fiel emotional in ein tiefes Loch.
Tagsüber, da sie arbeiten musste, hielt Tina ihre Einsamkeit und unendliche Leere in ihr noch einigermaßen aus.
Ihre einsamen Abende, das war die schlimmste Zeit für sie. Allein im Haus zu sein. Allein auf der Couch zu sitzen. Ihre Gedanken drehten sich ständig um

Paul, und sie versuchte, diese irgendwie unter Kontrolle zu bringen.

Zunächst redete sich Tina ein, sie und Paul hätten sich sowieso früher oder später getrennt.
Aber jetzt war etwas wesentlich anders als damals. Sie liebte Paul jetzt bewusst und aufrichtig und konnte sich ihr Leben ohne ihn nicht mehr vorstellen.
So verbrachte sie ihre Abende. Das Gedankenkarussell drehte sich bei ihr immer weiter und um es einigermaßen zum stehen zu bringen, trank sie immer öfter ihren Lieblingsrotwein.
Der Wein erinnerte sie wiederum an ihre Abende mit Paul, was das ganze noch schlimmer machte, und dazu führte, dass sie noch mehr trank.
Sie zog sich nach und nach zurück, traf sich kaum mit Familie und Freunden.
Tina betäubte regelrecht ihren seelischen Schmerz mit Alkohol.

So vergingen viele Wochen. Paul meldete sich nicht mehr bei ihr.
Er seinerseits durfte bald wieder arbeiten gehen. Zunächst mal stundenweise, um zu sehen, wie es weiter gehen würde. Sein Ziel war es natürlich, so

schnell wie möglich voll einzusteigen, um endlich eine gewisse Normalität in sein Leben zu bringen.
Auch Paul dachte inzwischen viel nach. Er bereute nicht, dass er wegging. Diese Entscheidung war für ihn richtig. Die Vorstellung, Tina würde ihn bis heute manipulieren, wenn seine Amnesie bliebe, machte ihn einfach wütend. Im Gegensatz zu ihr versuchte Paul, optimistisch in die Zukunft zu blicken.
Ab jetzt konnte es doch nur aufwärts für ihn gehen.
Er wünschte sich keinen Kontakt zu Tina und reichte nach kurzer Zeit die Scheidung ein.
Das war der zweite große Schock für sie. An dem Abend, nach dem sie es erfuhr, trank sie doppelt so viel als sonst.
Egal wie sehr sie versuchte, so wenig wie möglich an Paul zu denken, es gelang ihr nicht.
Tina spürte große Sehnsucht nach ihm. Jeden Tag, jeden Abend und jede Nacht.
Es war so unerträglich für sie, dass sie ihm eines Tages eine SMS schrieb. Sie hoffte, Paul hätte immer noch seine vorherige Handynummer. So war es auch. Die Nachricht kam an.
Aber es kam keine Antwort von ihm. Obwohl er sie anscheinend las.
Das gab ihr eine gewisse Zuversicht. Sie schrieb ihm

nochmal. Es kam zwar wieder keine Antwort, jedoch wurde ihre Nachricht ebenfalls als gelesen markiert. So ging es mehrere Tage. Bis Paul die Geduld platzte und er doch antwortete und sie bat, ihn in Ruhe zu lassen. Er möchte sie nicht verletzten und blockieren. Würde es aber machen, falls sie nicht aufhöre, ihm zu schreiben.
Tina wollte auf gar keinen Fall den Kontakt zum Paul verlieren und versprach, sich nur in sehr wichtigen Fragen an ihn zu wenden.

Es gab tatsächlich noch viel zu klären, was die Scheidung anbetraf. Sie meldete sich zwar seltener als vorher, suchte aber immer wieder nach irgendwelchen Vorwänden, um ihm zu schreiben.
Tinas Sehnsucht nach Paul wurde einfach unerträglich, so dass sie sich eines Tages entschied, ihn zu sehen.
Sie fuhr zu seiner neuen Wohnung, die Adresse bekam sie auf Grund des Scheidungsverfahrens mit, blieb in ihrem Auto sitzen und wartete bis er nach Hause kam. Es dauerte eine Weile, aber sie gab nicht auf. Da kam Paul endlich.
Er parkte sein neues Auto, was er sich nach seinem Verkehrsunfall kaufte, vor dem Haus, wo er wohnte, stieg aus, nahm eine Einkaufstasche aus dem

Kofferraum und ging rein.

Es waren vielleicht höchstens drei Minuten, aber Tina war trotzdem sehr glücklich, ihn wieder gesehen zu haben.

So entwickelte sich nach und nach ihre Besessenheit. Sie fuhr fast jeden Abend zu seiner Wohnung und beobachtete Paul dabei, wie er nach Hause kam. Natürlich parkte sie immer so, dass er sie nicht sehen konnte. Aber sie ihn.

Manchmal klappte es nicht, sein Auto stand bereits da, er kam früher nach Hause, als sie da war.

An solchen Tagen fuhr sie frustriert zurück und betrank sich wieder.

In ihrem Leben drehte sich alles um Paul. Um ihn öfter zu sehen, reduzierte sie ihre Arbeitszeit und arbeitete nur noch Teilzeit.

Am Wochenende fuhr sie mehrmals zu seiner Wohnung. Einmal sah sie, wie er weg fahren wollte. Da es ein Samstag war, war er offensichtlich nicht zur Arbeit unterwegs.

Sie folgte ihm. Paul fuhr zum nächsten Einkaufszentrum. Tina passte sehr auf, er dürfe ja nicht mitbekommen, dass sie auch da war. Also wusste sie jetzt, wo er anscheinend meistens einkauft.

Da Tina sehr viel Zeit in seiner Nähe verbrachte,

kannte sie bald fast genau, wie sein Tagesablauf aussah.
Selbstverständlich bekam Paul nichts davon mit und ahnte nicht, dass er bereits seit Wochen von Tina gestalkt wurde.
Sie ihrerseits konnte nicht mehr damit aufhören. Das war fast schon wie ein Zwang. Nur zwei Dinge halfen Tina, mit ihrer Sehnsucht nach Paul umzugehen. Ihn ab und zu zu sehen, sei es auch nur aus der Entfernung und Alkohol zu trinken.

Ein Umstand jedoch bereitete ihr große Freude. Paul war immer allein unterwegs.
Das bedeutete für sie, dass er immer noch Single sei.
Vielleicht bestand für sie doch noch Hoffnung, dass er eines Tages zu ihr zurückkehren würde.
Einmal passierte Tina jedoch ein Fehler.
Sie und Paul kamen gleichzeitig bei ihm Zuhause an.
Sie fuhr ihm entgegen und er erkannte sie und ihr Auto.
Paul reagierte sofort und blieb so stehen, dass Tina nicht mehr weiterfahren konnte. Er stieg aus seinem Auto aus, ging zu ihr, machte ihre Autotür auf und fragte sie:
„Was tust du hier?“.
„Wieso? Ich bin einfach vorbei gefahren. Ich wollte

eine Abkürzung nehmen. Glaub mir, wir haben uns jetzt rein zufällig getroffen.“, antwortete sie mit gespielter Gleichgültigkeit in ihrer Stimme.
„Das glaube ich nicht. Es kann kein Zufall sein. Ich wohne nicht gerade in deiner Nähe.“, sagte Paul skeptisch.
„Blödsinn. Es ist ein Zufall. Jetzt muss ich weiter. Tschüss!“, erwiderte Tina, machte ihr Auto zu und gab dem Paul ein Handzeichen, das bedeutete, er solle sein Auto zur Seite fahren. Sie hatte Angst vor weiteren Fragen, die Paul ihr möglicherweise stellen würde. Paul tat es, blieb aber noch ein paar Minuten in seinem Auto sitzen und guckte, wie Tina wegfuhr. War es womöglich doch ein Zufall?, dachte er.
Es kam ihm aber trotzdem sehr verdächtig vor. Paul entschied, er müsse ab jetzt besser aufpassen.

Tina brachte dieses Ereignis ziemlich durcheinander. So ein Fehler dürfe ihr nie wieder passieren.
Aber aufgeben, kam für Tina nicht mehr in Frage. Zu sehr wurde sie in ihrem Wahnzustand gefangen. Paul nicht mehr zu sehen, konnte sie sich nicht vorstellen.
In der nächsten Zeit kam sie noch früher und parkte vorsichtshalber weiter als sonst. Von hier könne er mich bestimmt nicht sehen, hoffte sie immer.

Paul seinerseits schaute öfters unterwegs danach, wer hinter ihm fahren würde. Er sah sich ebenfalls jedes mal um, als er vor seiner Wohnung parkte. Dort versteckte er sich manchmal hinter einer Gardine und beobachtete die Straße vor seinem Haus. Tina oder ihr Auto sah er zwar nicht wieder, aber das Gefühl, womöglich weiter beobachtet zu werden, fand er unerträglich und unheimlich.

So ging es noch einige Monate weiter. Ihre Scheidung rückte immer näher.
Tina versuchte so weit es ging, diese zu torpedieren und machte es Pauls Anwälten ziemlich schwer. Sie antwortete nur im letzten Moment auf ihre Post. Erschien oft nicht vor dem Gericht und schob es auf ihren Gesundheitszustand, was man natürlich nicht so schnell überprüfen konnte.
Sie schrieb ihm wieder öfter. Er antwortete nicht und nahm sich vor, sie sofort nach der Scheidung zu blockieren.

Dass Paul absolut keinen Kontakt zu ihr wünschte und seine abweisende Art ihr gegenüber, kränkte Tina zunehmend.
Die Stimmung in ihr begann langsam umzuschlagen. Es war nicht mehr nur Liebe und Sehnsucht, die sie

für ihn empfand.
Langsam entwickelte sich tief in ihrer Seele auch ein Hassgefühl ihm gegenüber. Genau gesagt, entstand in ihr eine Art Hassliebe für Paul.
Je mehr Tina begriff, Paul würde wahrscheinlich nie wieder mit ihr zusammen sein, desto öfter wünschte sie sich insgeheim, er solle genau so leiden wie sie.
Paul war zwar derjenige, der vorher im Mittelpunkt ihrer neuen schönen Phantasiewelt stand.
Er war es aber auch, der diese Welt für immer zerstörte.
Liebe und Hass dem Paul gegenüber vermischten sich nach und nach zu einer dunklen und klebrigen Masse in Tinas Seele.
Wenn du meine Liebe nicht willst, dachte sie, dann sollst du meinen Hass haben.
Es war für Tina aber mittlerweile zu wenig, Paul einfach für sich still und leise zu hassen und weiterhin zu leiden.
Er solle das auch spüren, wünschte sie sich immer deutlicher.
Einmal erschien sie pünktlich zu einem Gerichtstermin. Paul war auch da, was sie auch hoffte.
Nach dem Verlassen des Verhandlungsraumes, folgte sie dem Paul und bat ihn um ein Gespräch.

Dieser blieb einen Moment stehen, in der Hoffnung, sie beide könnten vernünftig miteinander reden.
„Paul, Schatz, willst du dir das nicht nochmal überlegen? Es ist doch noch nicht zu spät.“, sagte sie zu ihm.
„Fang bitte nicht wieder damit an. Wie oft kann ich dir noch sagen, dass ich es nicht möchte. Für mich ist es endgültig vorbei!“, erwiderte Paul. Er drehte sich um und ging weiter Richtung Ausgang. Tina ging ihm hinterher.
Doch bevor sie weiter sprach, schaltete sie unauffällig das Diktiergerät ihres Handys ein.
„Paul bitte!“, rief sie.
„Lass mich endlich in Ruhe! Wenn du es nicht tust, dann finde ich schon eine Möglichkeit, dich aus meinem Leben für immer zu entfernen. Hast du es verstanden?“, antwortete Paul voller Wut.
Tina blieb stehen, während Paul so schnell wie möglich das Gebäude verlassen wollte.
Dieser Satz blieb in ihrem Handy gespeichert. Wozu? Das wusste Tina noch nicht. Aber vielleicht würde sie später dafür eine Verwendung finden, überlegte sie.

Als Tina an dem Tag wieder trank, Alkohol wurde mittlerweile zum festen Bestandteil ihres Lebens,

kam sie auf eine, wie sie dachte, raffinierte Idee, wie sie diese Aufnahme gegen Paul einsetzten könnte.
Am nächsten Morgen ging sie zur Polizei, um eine Anzeige gegen ihn zu erstatten.
Als Begründung nannte sie die angeblichen Drohungen ihres Mannes ihr gegenüber, da sie keine Scheidung wolle, er aber unbedingt darauf bestehen würde.
Als Beweis benutzte sie diese besagte Aufnahme.
Bei der Polizei nahm man eine Anzeige auf Grund der angeblichen Drohung auf.
Als Tina die Wache verließ, spürte sie eine kleine Genugtuung.
Der Paul müsse für meine Schmerzen, die ich tagtäglich erleide, zahlen, dachte sie.
Einige Tage später bekam Paul eine Vorladung von der Polizei.
Er konnte sich überhaupt nicht erklären, weswegen.
Als er zum besagten Termin auf der Wache erschien, wurde Paul von einem Polizisten, der diese Anzeige bearbeitete, dazu befragt.
Paul war zunächst einfach sprachlos. Nie hätte er damit gerechnet, dass Tina so weit gehen würde.
Er erzählte, wie es dazu kam, dass er diesen Satz sagte.
„Ich würde auf gar keinen Fall meiner noch Ehefrau

etwas böses antun. Ich möchte einfach geschieden werden und das war es. Sie kommt damit nicht klar. Das weiß ich auch. Aber es ist nicht mein Problem.“, erklärte es Paul dem Polizisten.
Das genügte erst mal, da man keine weiteren Anhaltspunkte dafür fand, dass Paul seine Drohungen in irgendeiner Art und Weise verwirklichen würde.
Man warnte ihn aber, falls seine Frau weitere Anzeigen gegen ihn erstatten sollte, müsse er mit schärferen Maßnahmen rechnen.
Auf der einen Seite musste Paul erst mal realisieren, was Tina getan habe. Auf der anderen Seite wurde seine Wut ihr gegenüber noch größer.
Wieso lasse sie ihn nicht einfach in Ruhe?, überlegte er.

Tina hörte trotzdem nicht auf, Paul heimlich zu beobachten.
Eines Tages sah sie etwas, was sie völlig aus der Bahn warf. Paul kam nicht allein nach Hause.
Eine fremde Frau saß mit in seinem Auto. Die beiden stiegen aus und gingen gemeinsam in Pauls Wohnung.
Tina hatte in diesem Moment das Gefühl, ihr wäre gerade der Boden unter ihren Füßen weggerissen

worden. Sie starrte einfach vor sich hin, unfähig irgendetwas zu tun. Jetzt war ihr Alptraum komplett. Für sie stand fest, Paul habe eine neue Frau.
Nach ungefähr zwei Stunden sah sie, wie die beiden seine Wohnung verließen und zusammen wegfuhren.
Tina folge ihnen. Sie hielt, um nicht aufzufallen, einen sicheren Abstand zum Pauls Auto. Behielt es aber ständig im Blick.
Nach einer Weile hielten sie vor einem italienischen Restaurant an, stiegen aus und gingen rein.
Tina parkte so, dass sie alles beobachten konnte, ohne, dass man sie entdecken würde.
Paul und seine Begleiterin nahmen an einem Tisch neben dem Fenster Platz. Sie unterhielten und lächelten sich immer wieder an.
Tina sah die ganze Zeit hin. Vor lauter Anspannung packte sie ihr Lenkrad so fest zu, dass ihr nach einiger Zeit die Hände wehtaten.
Wieso sie?, dachte Tina. Ich sollte da sitzen. Ich habe doch so viel für ihn getan! Er ist so undankbar.
Sie spürte nur noch eine unendlich große Enttäuschung.

Nach einer Weile konnte sie den Anblick der beiden nicht mehr ertragen und fuhr nach Hause.
Dort angekommen, zitterte sie am ganzen Körper.

Tina kriegte das Gefühlschaos in ihr nicht mehr unter Kontrolle.
Um sich einigermaßen zu beruhigen, griff sie wieder zur Flasche. Der Abend zog sich in die Länge. Der Wein half nicht wirklich. Ihre Gedanken drehten sich nur um Pauls neue Frau in seinem Leben. Sie trank weiter. Irgendwann mal konnte sie ihren Schmerz, der sie innerlich fast zerfraß, nicht mehr aushalten.
Sie holte mit ihrem Arm, in dem sie ihr Weinglas festhielt, aus und warf es voller Wut gegen die Wand.
Es zerbrach in unzählige Scherben, die sich überall im Wohnzimmer verteilten.
Ein großes Stück davon landete neben ihrem Fuß.
An der Wand blieb ein riesiger roter Fleck zurück.
Tina schaute ihn lange beinahe geistesabwesend an und der nächste Gedanke, der ihr dann kam, war: Lustig, er sieht aus wie Blut.
Ihr Blick fiel auf die große Scherbe, die neben ihrem Fuß landete. Tina hob sie hoch, guckte sie an und saß ein paar Minuten so da.
Dann stand sie auf und ging torkelnd ins Badezimmer. Komisch, dachte sie. Muss man denn dafür ins Badezimmer? Wieso tun es die meisten da? Wahrscheinlich um die Möbeln nicht zu versauen. Wie albern, was spielt es denn danach für eine

Rolle? Im Badezimmer angekommen, stieg sie in die Badewanne, setzte sich rein und schaute noch eine Weile vor sich hin. Alles begann sich wie im Zeitlupentempo zu bewegen. Sie nahm die Scherbe in die rechte Hand und schnitt sich damit langsam die Pulsadern auf der linken Hand auf.
Der Schnitt war nicht sehr tief, dafür war sie einfach zu betrunken, aber ziemlich lang. Sofort lief das Blut aus der Wunde. Es tropfte in die Badewanne und hinterließ viele schmale rote Linien. Es bildete sich bald eine kleine purpurrote Pfütze.
Tina nahm den Schmerz kaum wahr. Das ganze um sie herum kam ihr sowieso unwirklich vor.
So vergingen einige Minuten.
Doch dann ergriff sie auf einmal eine unbeschreibliche Panik. Ihr Lebenswille erwachte. Es war wie ein Stromschlag, der durch ihren Körper ging. Tina begriff, was sie gerade getan habe.
Sie war zwar schon sehr schwach, schaffte es aber noch, sich ein Handtuch zu holen und gegen die Wunde zu pressen. Es verfärbte sich schnell rot.
Beim Versuch, aus der Badewanne auszusteigen, kippte sie fast um. Sie hielt sich in letzter Sekunde an der Heizung fest und schlich sich dann zurück ins Wohnzimmer.
Ihr Handy lag auf der Couch. Sie setzte sich daneben

auf den Boden, drückte ihre linke Hand, die immer noch mit dem blutverschmierten Handtuch umwickelt war, zwischen ihren Knien fest, griff mit ihrer rechten Hand nach dem Handy, und wählte die 112.
Es gelang ihr. Sie hörte die Stimme eines Mannes auf der anderen Seite der Leitung.
„Hilfe, ich verblute“, war alles, was sie zuerst sagen konnte.
Auf die Fragen nach ihrem Namen und was geschehen sei, konnte sie nur:
„Bitte kommen Sie, ich verblute“, sagen.
Dann wurde sie dazu aufgefordert, ihre Adresse zu diktieren.
Tinas Kräfte verließen sie zunehmend. Sie schaffte es noch, zwar schon ziemlich leise, aber einigermaßen verständlich, ihre Adresse zu nennen.
Tina hörte noch, wie ihr gesagt wurde, möglichst ruhig zu bleiben und auf den Krankenwagen zu warten.
Dann versuchte sie, aufzustehen, um zur Eingangstür zu gehen. Das war aber nicht mehr möglich. Ihre Beine hielten sie nicht mehr, sie fiel beinahe zurück. Also kroch sie zur Eingangstür und schaffte es noch, sie aufzumachen bevor sie ihr Bewusstsein verlor.

Das nächste, woran sie sich erinnerte, war das Zimmer des Krankenhauses.
Was mache ich hier eigentlich?, war ihr erster Gedanke. Dann sah sie, dass sie an ihrem linken Arm einen Zugang angelegt bekam und etwas tiefer an ihrem Handgelenk einen Verband trug. Sie spürte einen ziehenden Schmerz an dieser Stelle. Ach so, genau, ich wollte mich doch umbringen, fiel ihr wieder ein. Dieser Gedanke bewegte sie innerlich kaum. Aber dann fiel ihr auch ein, wieso. Das bereitete ihr weitaus größere Qualen.
Tina bat eine Krankenschwester, ihren Mann anzurufen.
Noch waren sie nicht rechtskräftig geschieden. Er war immer noch ihr Ehemann und sie wollte, dass Paul sieht, was geschehen sei.
Er kam tatsächlich etwas später zu ihr. Der Anruf aus dem Krankenhaus hat ihn ziemlich erschrocken und obwohl er für Tina nichts mehr empfand, fühlte er sich trotzdem verpflichtet, sie zu besuchen.
Paul kam an ihr Bett und Tina lächelte ihn an.
„Wie geht es dir?“, fragte er.
„Es geht schon. Danke, dass du gekommen bist. Ich habe dich vermisst.“, antwortete sie.
„Warum hast du es getan? Wie bist du auf diese

bescheuerte Idee gekommen? Glaubst du, dass man so seine Probleme lösen könnte?“, fragte Paul sie weiter.
„Ich weiß es nicht. Vielleicht kann man manche Probleme gar nicht lösen. Das wäre doch auch eine Möglichkeit. Jedenfalls hätte man danach keine Probleme mehr.“, sagte sie leise.
„Hör bitte auf damit. Du musst jetzt gesund werden und dann schauen, dass du dein Leben auch ohne mich auf die Reihe kriegst. Das schaffst du schon. Es gibt doch Psychologen. Ich weiß schließlich, wovon ich rede.“, sagte Paul und lächelte etwas gequält dabei.
Tina lächelte auch.
„Ich will aber nicht ohne dich. Ich will mit dir.“, sagte sie.
„Nein, und das habe ich dir schon oft gesagt. Außerdem habe ich eine andere Frau kennengelernt. Ich möchte neu anfangen. Es tut mir Leid. Wenn du meine Unterstützung brauchst, bin ich für dich da. Aber mehr nicht.“, war Pauls Antwort.
„Warum? Warum nur?“, schrie Tina plötzlich und fing an, zu weinen.
„Warum?“, sie wurde immer lauter, so, dass eine Krankenschwester ins Zimmer kam, um zu sehen, was los sei.

Tina schrie weiter, ballte ihre Hände zu Fäusten und haute damit auf ihr Bett . Die Krankenschwester holte eine weitere Kollegin dazu, die schnell mit einem Medikament in der Hand kam. Während die eine versuchte, Tina zu beruhigen und festzuhalten, verabreichte ihr die andere das mitgebrachte Medikament durch ihren Zugang im linken Arm.
„Es ist ein Beruhigungsmittel.“, sagte die Krankenschwester zum Paul.
Daraufhin verließ er das Zimmer.
Es war eine unerträgliche Situation für ihn.

Er besuchte Tina nicht mehr im Krankenhaus, rief aber ein paar mal dort an, um nach ihr zu fragen.
Später berichtete man ihm, Tina sei in die nächstgelegene psychiatrische Klinik eingewiesen worden. Es würde wohl einige Zeit dauern, bis sie wieder stabil genug sei, um entlassen werden zu können.
Innerhalb der nächsten zwei Monate hörte Paul nichts mehr von Tina. Er fragte sich zwar, wie es ihr wohl gehen würde, wollte aber bewusst den Kontakt zu ihr vermeiden. Paul wusste einfach, Tina müsse es lernen, allein ohne ihn klar zu kommen. Deswegen wäre seine Anwesenheit in ihrem Leben wie auch immer kontraproduktiv.

Paul arbeitete mittlerweile Vollzeit, verdiente dadurch wieder mehr Geld und überlegte, in eine größere Wohnung und bessere Gegend umzuziehen.
Petra, die neue Frau an seiner Seite, lernte er während einer Fortbildung kennen. Die beiden hatten ähnliche berufliche Erfahrungen und dadurch viel Gesprächsstoff am Anfang. Ihre Sympathie füreinander war sofort da und bald trafen sie sich zu ihrem ersten Date. Paul verschwieg nicht, dass er noch verheiratet sei. Ihm war es wichtig, eine mögliche neue Beziehung ohne jegliche Lügen zu beginnen. Er versicherte Petra aber, dass die Scheidung bereits liefe, er längst aus dem gemeinsamen Haus mit seiner noch Ehefrau ausgezogen sei und allein wohne.
Petra sah überhaupt keinen Grund, Paul nicht zu glauben. Denn bald schon trafen sie sich bei ihm Zuhause.
Petra war anders als Tina. Sie war weicher, nicht so bestimmend. Paul tat es gut, dass er von ihr so akzeptiert wurde, wie er sei. Nach den letzten Ereignissen in seinem Leben gab es für ihn nichts schlimmeres mehr, als die Vorstellung, nach den Wünschen anderer verbogen zu werden. Nicht gut genug zu sein, so wie man wäre. Er befürchtete

sogar, er sei nicht mehr beziehungsfähig. Denn, dass man Kompromisse eingehen müsse, war ihm schon klar. Jedoch wurde er zu schnell misstrauisch, wenn er sich in manchen Situationen kontrolliert fühlte. Paul verstand, wenn er wieder ein normales Leben in einer funktionierenden Beziehung führen möchte, müsse er lernen, zu vertrauen.
Petra wiederum erkannte Pauls Befürchtungen und versuchte, zunächst mal keine Erwartungen an ihre gemeinsame Zukunft zu entwickeln.
Paul war ihr dankbar, dass sie ihm dabei Zeit ließe.

Seit seiner Trennung von Tina verging bereits etwas mehr als ein Jahr. Ihre Scheidung wurde endlich rechtskräftig.
Paul konnte endlich richtig aufatmen. Einerseits war zwar ein großer und wichtiger Kapitel seines Lebens vorbei, auch wenn er nicht schön endete. Anderseits hielt ihn nichts mehr zurück. Er bekam jetzt die Chance, komplett von vorne anzufangen.
Die Beziehung zu Petra lief gut, und Paul sah keinen Grund mehr, warum es zwischen ihnen beiden nicht klappen sollte.

Tina verbrachte diese Zeit in der Psychiatrie. Es war keine einfache Zeit für sie. Die Medikamente halfen

ihr, in den ersten Tagen etwas zur Ruhe zu kommen. Ihr Gedankenkarussell drehte sich nicht mehr so schnell, wie noch vor einigen Wochen. Auch die Gespräche mit den Therapeuten halfen Tina, ihre Lebenssituation aus einer anderen Perspektive zu betrachten. Das Ziel der Therapie war, zu lernen, sich selbst anzunehmen und zu lieben. Die Fähigkeit zu entwickeln, glücklich sein zu können, unabhängig von einer anderen Person oder bestimmten Situation. Tina fiel es immer noch schwer. Sie verlor sich selbst im Laufe der letzten Monate. Sie war nicht mehr der Mensch, der sie einmal war. Sie musste sich praktisch neu erfinden. Dazu musste sie lernen, ihr Alkoholproblem ebenfalls in Griff zu bekommen. Seltsam, dachte sie. Ich nutzte Pauls Amnesie, um aus ihm einen anderen Menschen zu machen, und jetzt bin ich selbst an der Reihe. Aber im Gegensatz zu ihm hätte ich jetzt am liebsten eine Amnesie, um alles vergessen zu können.
Als die stationäre Therapie zu Ende war und Tinas Zustand sich besserte, konnte sie nach Hause entlassen werden.
Sie war noch lange nicht so weit, um sagen zu können, es wäre vorbei und es ginge ihr gut. Aber Tina wollte jetzt genau so wie Paul, neu anfangen. Ich schaffe es, dachte sie. Ich muss es schaffen.

Auch der Kontakt zu ihrer Familie und Freunden, den sie in letzter Zeit sehr vernachlässigte, tat ihr gut.
Sie schrieb in dieser Zeit keine einzige Nachricht an Paul. Es gehörte auch zu ihrer Therapie dazu, keinen Kontakt mehr zu ihm aufzunehmen. Tina musste lernen, sich bewusst mit anderen Dingen abzulenken, sobald sie den Wunsch verspürte, ihm zu schreiben. Manchmal klappte es gut. Manchmal aber hielt sie bereits ihr Handy in der Hand, wählte seine Nummer und brach doch im letzten Moment ab. Es war ein unglaublicher innerer Kampf mit sich selbst, den sie jeden Tag aufs Neue erlebte. Jedoch machte es Tina auch stolz, dass sie es bis dahin geschafft habe.

Paul freute sich über diese Funkstille. Es bedeutete für ihn, dass Tina hoffentlich ihre Trennung endlich akzeptiert hätte. Er erfuhr durch die gemeinsamen Freunde, dass sie wieder Zuhause sei. Paul hoffte sehr, die Nachricht über ihre Scheidung würde sie nicht wieder aus der Bahn werfen.

Da Tina weiterhin starke Medikamente nahm und das Thema Scheidung von ihrem Therapeuten schon angesprochen wurde, als ein unvermeidbares

Ereignis, das sie zu akzeptieren lernen müsse, hat sie diese Nachricht scheinbar gefasst aufgenommen.
Sie wiederholte gebetsmühlenartig in ihren Gedanken, es muss weiter gehen, es muss weiter gehen, auch ohne Paul.

So vergingen noch ein paar Monate. Die Beziehung von Paul und Petra entwickelte und festigte sich immer mehr, so, dass die beiden eines Tages, da Paul sowieso nach einer neuen Wohnung suchen wollte, entschieden, zusammen zu ziehen.
Petra hatte ihre Wohnung im Haus ihrer Eltern gehabt. Es war recht groß und befand sich in einer der besten Lagen der Stadt, da Petras Eltern Unternehmer und ziemlich wohlhabend waren.
Somit überredete sie Paul, zu ihr zu ziehen. Denn Platz für zwei hätte ihre Wohnung allemal.
Paul war es aber wichtig, sämtliche Kosten mit Petra zu teilen, damit keiner den Eindruck haben sollte, er würde diese Situation für sich ausnutzen.

Eines Tages bekam Tina einen Brief von einer Versicherungsgesellschaft, der an Paul adressiert war. Anscheinend hat er es versäumt, dieser seine neue Adresse mitzuteilen.

Um sicher zu gehen, dass der Brief auch beim Paul ankommt, rief Tina seine Eltern an, um nachzufragen, ob seine Adresse, die sie kannte, noch aktuell sei.
So erfuhr sie, dass er zu seiner neuen Freundin gezogen sei.
Diesmal wiederholte sie noch länger und beinahe schon zwanghaft in ihren Gedanken ihr Mantra: es muss weiter gehen, es muss weiter gehen, auch ohne ihn.
Da Tina Medikamente nehmen musste, die ihren Zustand einigermaßen stabil hielten, trank sie in letzter Zeit keinen Alkohol mehr.
So fühlte sie sich in der Lage, wieder arbeiten zu gehen. Was auch ihr Therapeut begrüßte, der sowieso ihr empfahl, mehr soziale Kontakte zu pflegen.
Da es wegen der Scheidung von ihr und Paul schwierig wurde, den Kontakt zu ehemaligen gemeinsamen Freunden und Bekannten aufrecht zu erhalten, entschied Tina, sich in einem Fitnessstudio anzumelden. So hoffte sie, unverbindlich, neue Menschen kennenzulernen. Außerdem fand Tina, dass die Bekanntschaften dort eher oberflächlich wären, was ihr auch ganz gut gefiel, denn sie wollte niemanden zu nah an sich ran lassen. Dafür fühlte

Tina sich noch lange nicht in der Lage.
Die ersten Stunden im Fitnessstudio machten Tina durchaus Spaß. Manche Gedanken, die sie noch bis vor kurzem quälten, tauchten während der Zeit dort nicht mehr auf. Das tat ihr gut.
Leider dauerte diese so mühsam entstandene Normalität bei ihr nicht lange.

Denn ungefähr ein halbes Jahr später, seit sie ihr Fitnessstudio besuchte, kam eine neue Teilnehmerin in ihren Kurs dazu. Was an sich natürlich nichts ungewöhnliches war. Nur war es ausgerechnet Petra, die neue Frau an Pauls Seite.
Tina erkannte sie sofort. Sie hat doch beide, Petra und Paul, damals bei ihrem Restaurantbesuch beobachtet.
Als Tina Petra erkannte, begann ihr Herz schneller zu schlagen. Äußerlich behielt sie ihre Ruhe, doch innerlich bebte alles in ihr.
Sie blieb noch bis zum Ende der Stunde, machte jedoch ihre Übungen sehr fahrig, denn ihre Gedanken spielten wieder verrückt. Sie ließen sich einfach nicht mehr kontrollieren.
Auch auf dem Weg nach Hause machte sie alles eher automatisch und nebenbei.
Da schmiss sie ihre Tasche in die Ecke, setzte sich

auf die Couch und packte sich mit ihren beiden Händen am Kopf.
Nein, sie weinte nicht. Dafür war sie zu wütend, wütend auf ihr Schicksal, das sie scheinbar so unnötig quälte.
Alles, alles was in den letzten knapp zwei Jahren passierte, war wieder präsent in ihren Gedanken. Das, was sie für sich als verarbeitet glaubte, wurde von ihr in Wirklichkeit nur sehr erfolgreich verdrängt.
Es bedurfte nur dieses einen Ereignisses, und da war er, ihr alter Schmerz, klar und deutlich spürbar.
Er war wieder da, wie ein Monster, der nur darauf wartete, nochmal zum Leben erweckt zu werden.
An diesem Abend griff sie wieder zum Alkohol. Sie hatte noch eine Flasche Rotwein Zuhause. Eigentlich wollte Tina diese entsorgen. Jedoch lies sie den Wein stehen, als Zeichen dafür, dass sie es geschafft habe.
Aber nein, sie schaffte es nicht. Der Wein half ihr, sich ein wenig zu beruhigen. Als sie schon die Hälfte der Flasche austrank, liefen ihr doch einige Tränen übers Gesicht. Ihre Wut wich einer unendlichen Traurigkeit und später auch Verzweiflung aus.
Irgendwann ging Tina dann ins Bett. Da sie stark angetrunken war, bewegte sie sich wie im Zeitlupentempo. In dieser Nacht träumte sie sehr

viel und unruhig, jedoch erinnerte sie sich am nächsten Morgen an ihre Träume nicht mehr. Dafür quälten sie starke Kopfschmerzen.
Der Tag schleppte sich langsam dahin. Auf der Arbeit versuchte Tina, so gut es ging vielen Arbeitskollegen aus dem Weg zu gehen. Sie wollte nicht, dass einem von ihnen möglicherweise ihr Zustand auffallen würde und sie deswegen unangenehme Fragen beantworten müsste.

Genau so verliefen auch die nächsten zwei Tage. Dann kam der Tag, an dem sie wieder Training hatte. Das bereitete ihr ein starkes Unbehagen. Wie würde sie reagieren, wenn Petra wiederkäme?, fragte sich Tina schon am Morgen. Wie würde sie sich fühlen? Sie entschied sich, soweit es ihr nur möglich sein sollte, ruhig zu bleiben und Petra zu ignorieren. Schließlich hat man auch nicht zu allen Kursteilnehmern einen gleich guten Kontakt. Das gelang ihr auch zunächst. Nur zuckte sie immer wieder innerlich zusammen, wenn sie Petras Stimme hörte oder noch schlimmer, ihr Lachen. Petra erschien tatsächlich immer gutgelaunt und wurde langsam zu einer der beliebten Kursteilnehmerinnen. Tina ihrerseits wurde immer stiller und zurückgezogener.

Sie fiel auch vorher nicht durch ihre besondere Geselligkeit auf. Jetzt wurde Tina fast unscheinbar. Dazu kamen auch noch ihre ständigen Vergleiche von sich und Petra, die natürlich zu Gunsten von Petra ausfielen, da Tina aufgrund ihrer psychischen Verfassung auch mit ihrem Äußeren nicht zufrieden war. Auch wenn sie rein objektiv dazu keinen Grund hatte. Sie war nicht weniger attraktiv als Petra. Tina war höchstens ein anderer Typ. Sie war brünett, Petra blond, und vielleicht ein Paar Zentimeter kleiner. Aber beide besaßen auf jeweils ihre eigene Art und Weise sehr viel Weiblichkeit in ihren Figuren und ihrem Aussehen. Man konnte also nicht mit Sicherheit behaupten, die eine sei auffällig hübscher als die andere.

So ging es eine ganze Weile weiter. Tina gelang es, so gut wie keinen Kontakt zu Petra zu haben, weil die Gruppe recht groß war, und damit konnte sie einigermaßen umgehen. Sie wollte auf gar keinen Fall mit Petra ins Gespräch kommen, denn sie war nicht sicher, ob sie es ohne auffällige Nervosität überstehen würde.
Jedoch musste sie jeden Abend nach dem Training wieder mal zum Wein greifen, weil sie ihre innere Anspannung, die trotzdem immer da war, nur so

abbauen konnte.
Sie glaubte für sich, mit der Situation so, wie sie im Moment lief, umgehen zu können. Dass sie wieder trank, betrachtete Tina als einen vorübergehenden Zustand. Wenn mehr Zeit vergehe, würde sie auch das wieder unter Kontrolle bringen, redete sie sich ein.
Natürlich schaffte sie es nicht. Was Tina wohl schaffte, war die Menge, die sie trank so zu begrenzen, dass es weder auf der Arbeit noch privat bei ihrer Familie auffiel.

Währenddessen lief die Beziehung von Paul und Petra ganz gut weiter. Sie haben sich zusammen in Petras Wohnung schön eingelebt, es gab keine nennenswerten Konflikte und Auseinandersetzungen. Die Gefühle der beiden füreinander festigen sich von Tag
zu Tag. Bald entschied Paul, sich in seinem Beruf selbständig zu machen. Dafür benötigte er Startkapital, das er sich von seiner Bank leihen wollte. Jedoch bestand Petra darauf, dass sie ihre Eltern um dieses Geld bittet, weil sie als Einzelkind ohnehin Alleinerbin wäre. Paul fand diese Idee absolut nicht gut. Er wollte nicht, dass es so aussähe, als würde er Petras familiäre Situation für seine

Zwecke ausnutzen. Also schlug Petra ihm vor, sich an seinem neuen Unternehmen finanziell zu beteiligen, sozusagen darein zu investieren. Paul war auch von dieser Lösung nicht sonderlich begeistert, deswegen bestand er darauf, dass es offiziell laufen, und für alle Beteiligten absolut übersichtlich sein sollte.
Die Eltern von Petra mochten Paul mittlerweile sehr und so lief diese Abmachung ohne jegliche Schwierigkeiten ab. Ab und zu fragte sich Paul noch, wie es der Tina wohl ginge. Aber da er in letzter Zeit nichts mehr von ihr hörte, ging er davon aus, dass sie die Ereignisse der letzten Jahre endgültig überstand.
Da irrte er sich jedoch.

Dass Tina im selben Fitnesskurs wie auch Petra war, wusste Paul nicht. Er wusste nur, dass Petra vor einiger Zeit ihr altes Fitnessstudio gewechselt hätte und dabei sehr zufrieden wäre.
Paul selbst ging nicht gerne in Fitnessstudios. Er spielte wieder ab und zu Fußball mit Matthias und ein paar anderen alten Freunden. Ansonsten fuhr er oft Fahrrad und joggte. Joggen fand er am schönsten, da er dabei sehr gut abschalten konnte.
Da er in der Zeit nach seinem ersten Unfall, als er

noch mit Tina zusammen lebte, abgenommen hat und ab da weiterhin sportlich aktiv blieb und auf seine Ernährung achtete, verbesserte sich sein Aussehen zunehmend. Er wurde zu einem sehr attraktiven Mann.
Das wurde ihm zum Verhängnis, wie es sich später herausstellte.
Eines Tages fielen im Tina´s und Petra´s Fitnesskurs mehrere Teilnehmerinnen aus, so dass die Gruppe an diesem Abend viel kleiner als sonst war.
Also schlug Petra den anwesenden Damen vor, sich gleich nach dem Training im gegenüberliegenden Café´zusammen zu setzen und was zu trinken.
Die meisten Damen hatten nichts dagegen und waren einverstanden. Nur Tina wollte es verständlicherweise nicht und versuchte schnell und unauffällig nach dem Duschen zu verschwinden. Petra fing sie aber ab und fragte, ob sie sich den anderen doch anschließen möchte. Das war der Moment, in dem Tina das erste Mal Petra direkt gegenüber stand und mit ihr sprechen musste.
Um auf Petra keinen merkwürdigen Eindruck zu machen, willigte Tina ein und ging mit anderen zusammen ins Café.
Sie versuchte nach außen normal zu wirken, lächelte sogar zwischendurch ein paar mal. Wie das

Schicksal es so wollte, saßen Tina und Petra nebeneinander. Die Unterhaltung wurde immer lockerer, die Stimmung war gut. Natürlich erzählte man sich die eine oder andere Geschichte aus seinem Leben. Dabei wurden zum Teil auch Fotos gezeigt. Nach außen ein vollkommen harmloses Zusammentreffen mehrerer Damen aus einem Fitnesskurs. Auch Petra zeigte ein Foto von sich und Paul und schwärmte vor anderen Damen von ihm. In diesem Moment drehte sich alles in Tinas Magen um. Als Petra ihr Handy weiterreichte, um ein Fotos von sich und Paul allen Damen zu zeigen, schaute Tina ebenfalls darauf, was sie zunächst vermeiden wollte jedoch ihre Neugier nicht unter Kontrolle brachte.

Natürlich fiel ihr sofort auf, dass Paul sich optisch weiter veränderte und noch besser aussah, als noch bei ihrer letzten Begegnung im Krankenhaus, wo sie nach ihrem Selbstmordversuch lag.

Für einige Sekunden konnte Tina nicht mehr klar denken. Ihr Herz schlug bis zum Hals. Sie wollte nur noch aufspringen und aus dem Café hinausrennen. Es kostete sie sehr viel Kraft, es doch nicht zu tun und sitzen zu bleiben.

Die Gruppe saß noch eine Weile da, einige bestellten sich unter anderem Kuchen. Petra tat es ebenfalls,

jedoch fragte sie den Kellner explizit danach, ob in dem von ihr bestellten Kuchen Erdnüsse wären. Das wurde verneint. Dann erwähnte sie beiläufig, dass sie allergisch auf Erdnüsse sei.
Tina wollte und konnte nicht mehr länger da bleiben, sie ging als erste und erklärte es damit, dass sie am nächsten Morgen sehr früh aufstehen müsse.

Kein Wunder, dass sie sich an diesem Abend Zuhause betrank. Es wurde mehr als sonst. Soviel, dass sie es am nächsten Tag nicht zur Arbeit schaffte, ihren Chef anrief und ihm eine Lügengeschichte auftischen musste, weshalb sie heute nicht zur Arbeit gehen könne.
Es ging einmal gut.
Das Foto von Paul und Petra ging ihr natürlich nicht mehr aus dem Kopf.
Am schlimmsten quälte sie der Gedanke, dass sie es war, die Paul damals dazu brachte, abzunehmen. Sie entwickelte eine fixe Idee, dass Paul und Petra es ihr zu verdanken hätten, dass es bei ihnen beiden so gut liefe. Eigentlich sollte Tina an Pauls Seite sein. Sie würde es wirklich verdienen und nicht diese blöde Kuh, wie sie Petra mittlerweile in ihren Gedanken nannte.
Da Tina in Wahrheit den Paul nach wie vor

unglaublich vermisste, versuchte sie sich seit ihrem gemeinsamen Besuch im Café´ bei Petra einzuschleimen und ihr eine aufgesetzte Sympathie entgegen zu bringen.
Da Petra absolut keine Ahnung hatte, dass Tina die Ex-Frau von Paul sei, weil er ihr nie Fotos von Tina zeigte und sie diese ehrlicherweise auch nie sehen wollte.
Tina wiederum erhoffte sich, mehr über Paul zu erfahren. Eventuell mehr Fotos von ihm zu sehen.
So besessen, wie sie Paul nach ihrer Trennung verfolgte, so besessen war sie jetzt davon, so viel wie möglich von dem gemeinsamen Leben von Petra und Paul zu erfahren. Insgeheim erhoffte sie sich, möglicherweise auch negative Dinge zu hören.Das würde ihr eine gewisse Genugtuung geben.
Was sie dabei am meisten quälte, waren die Gedanken an Sex, den Paul und Petra mit einander hätten. Je mehr Tina versuchte, diese zu stoppen, wenn sie aufkamen, desto mehr drängten sie sich auf. Wie machen sie es, wo und wie berührt er sie? Gefällt es ihm mehr, als der Sex mit mir? Was sagt er ihr dabei? Diese Fragen quälten Tina permanent.
Petra ahnte natürlich nichts davon, und fand Tina mittlerweile ziemlich nett. Je öfter sie sich nach dem Sport unterhielten, desto vertrauter wurde das

Verhältnis zwischen den beiden. Tina versuchte immer, diese Gespräche so zu lenken, dass meistens Petra sprach und erzählte. Sie selbst erzählte möglichst wenig von sich. Petra erfuhr zwar, dass Tina geschieden sei, aber mehr auch nicht.

Da Petra aber sehr gesellig war, erzählte sie gerne und viel und dachte sich nichts dabei.
So wie Petra sich von Anfang an verhielt, war Tina klar, dass sie nicht wusste, wer sie in Wirklichkeit sei und das war für Tina natürlich ideal.
So erfuhr Tina irgendwann mal, dass Paul sich selbstständig gemacht habe und Petra eine Mitinhaberin dieses Unternehmens wurde.
Auch, dass die Firma schon nach kurzer Zeit ziemlich erfolgreich geworden sei, und sich die Umsätze bald fast verdoppelt hätten.
So wie es aussah, lief es für Paul perfekt, was Tinas Gemütslage noch mehr belastete. Es gab anscheinend keine erwähnenswerten Probleme zwischen ihm und Petra. Jedenfalls nichts, was ihre Beziehung in Frage stellen würde.
Also je mehr Tina über die beiden erfuhr, desto weiter fiel sie psychisch und emotional in ein tiefes Loch, als würde sie ein *Déjà-vu* erleben. Jedoch griff ihr Hass diesmal auch auf Petra über.

Das gab ihr aber wiederum auf eine merkwürdige Art und Weise Kraft. So entstand in ihr eine Wunschvorstellung, dass es den beiden, wie auch immer, schlecht gehen sollte, koste es, was es wolle. Noch nahm dieser Wunsch keine konkreten Formen an. Er war einfach wie eine riesige dunkle Wolke, die permanent in Tina´s Hinterkopf präsent war.
Vielleicht hätte Tina´s Hass auf die beiden sie selbst noch jahrelang weiter innerlich zerrieben, ohne eine Möglichkeit, befriedigt zu werden, jedoch trat eines Tages ein Ereignis ein, das sie endgültig aus der Fassung brachte.

Tina erfuhr, dass Petra und Paul es vorhätten, bald zu heiraten.
Als wäre es nicht grausam genug, lud Petra Tina auch noch zu ihrer Hochzeit ein.
Tina nahm zwar die Einladung sichtlich erfreut an, in ihrem Inneren kochte sie aber vor Wut. Nein, dachte Tina die ganze Zeit. Nein!
Als sie an diesem Abend zu Hause ankam, war ihr erster Gedanke, die Einladung zu zerreißen und wegzuschmeißen. Aber es war ihr doch zu wenig, zu einfach.
Sie ging in den Garten, holte die Schüssel von ihrem alten Kohlegrill, den sie noch gemeinsam mit Paul

benutzt hatten, nahm ein Feuerzeug und zündete die Karte an. Diese begann zu brennen.
Tina hielt sie noch ein paar Sekunden in der Hand, und beobachtete, wie das Feuer die Namen Petra und Paul auf der Karte zerfraß.
Dabei spürte sie eine große Genugtuung, es zeigte sich sogar ein Hauch vom Lächeln auf ihren Lippen. Dieses Gefühl tat ihr für einen Moment gut.
Als von der Karte nichts als Asche in der Schüssel übrig blieb, machte Tina ihre Augen zu und holte tief Luft. Das darf nicht wahr sein, das darf einfach nicht wahr sein, dachte sie. Jetzt begriff Tina endgültig, dass sie sich keine Zukunft mehr ohne Paul vorstellen könnte. Nur schien eben diese Zukunft mit ihm, gerade wie diese Karte zu Asche zu zerfallen. Ich werde ihn wahrscheinlich nie wieder berühren, dachte Tina. Nie wieder. Sie schlug sich ihre Hände vors Gesicht und unterdrückte ihre Tränen. Ich werde nicht mehr wegen ihm weinen, dachte Tina, es reicht.
Noch wusste sie nicht, was sie tun, und wie sie mit dieser Situation umgehen sollte.
Was Tina aber deutlich spürte, war ihr Wunsch, Paul und Petras Hochzeit zu verhindern. Für sie war klar, sie würde dabei soweit gehen, wie es nur nötig werden sollte. Einen Weg zurück gab es für Tina

nicht mehr. Wozu? Ein Leben ohne Paul, mit einem anderen Mann konnte sie sich nicht mehr vorstellen. Dafür war Tina seelisch und psychisch komplett ausgelaugt. Für einen Neuanfang fühlte sie sich innerlich leer und kraftlos. Dann ging Tina zurück ins Haus, schenkte sich wie schon so oft ein Glas Wein ein und trank ihn langsam aus. Dann noch ein Glas. Der Wein machte sie irgendwann mal müde und sie ging ins Bett.

Es war Sommer. Die Hochzeit sollte im Oktober stattfinden. Natürlich sagte Tina ihre Teilnahme daran ab. Paul wusste nicht und sollte es auch nicht wissen, dass Tina und Petra sich gut kennen. Petra sagte ihm nur, dass sie ein Paar gute Freundinnen aus ihrem Fitnesskurs einladen möchte, da sie sich mittlerweile sehr gut verstehen würden. Selbstverständlich hatte Paul nichts dagegen.
Seine Firma lief tatsächlich ganz gut und er fühlte sich mittlerweile in seinem neuen Leben sehr wohl. Für ihn, schien alles richtig zu laufen. Ab und zu dachte er noch an Tina. Aber nur, weil er schon lange nichts von ihr gehört hatte, was ihn aber auch nicht störte, und weil Paul hoffte, dass es ein Zeichen dafür wäre, dass Tina sich endgültig mit ihrer Trennung abgefunden hätte. Die Wahrheit sah

aber ganz anders aus.
Der Tag der Hochzeit rückte näher, und Petra, die aus einer wohlhabenden Unternehmerfamilie stammte, schlug Paul vor, eine beidseitige Lebensversicherung abzuschließen, da sie bald nicht nur verheiratet, sondern auch noch beide Inhaber ihrer neuen Firma seien. Paul fand die Idee auch durchaus gut und so wurde kurz vor ihrer Hochzeit eine entsprechende Lebensversicherung abgeschlossen, deren Höhe recht beträchtlich war, aber angesichts des Firmenwertes schien diese Summe angebracht zu sein.

Dass Tina ihre Teilnahme an Petras Hochzeit absagte, hieß nicht, dass sie sich dieses Datum nicht genauestens gemerkt hätte. Denn zur kirchlichen Trauung kam sie doch, versteckte sich aber hinter den großen alten Bäumen, die um die Kirche herum standen. So, dass man sie zwar nicht sehen konnte, dafür konnte sie aber den Eingang in die Kirche deutlich sehen. Den Platz dafür suchte sie sich am Abend vorher aus, um nichts dem Zufall zu überlassen und keinesfalls gesehen zu werden. Leider fand sie keinen Weg, diese Hochzeit zu verhindern. Sie überlegte noch viel hin und her, aber alles schien ihr zu riskant und zu offensichtlich. Sie

verwarf diese Idee also. Aber ihre wahnhafte Vorstellung, das Leben von Petra und Paul zu zerstören, wurde immer fester.
Tina kam früher als die ganze Hochzeitsgesellschaft dorthin und musste noch eine Weile warten, bis die ersten Gäste ankamen.
Warum tat sie das? Noch Wochen davor verfluchte sie innerlich diesen Tag.
Sie wusste, dass es ihr unendlich weh tun würde, die beiden so glücklich und verliebt zu sehen. Sie konnte aber nicht anders. Erstens wollte Tina Paul wieder sehen. Zumindest auf diese Art und Weise. Sie fuhr zwar ab und zu auch an seiner neuen Wohnung vorbei, erwischte ihn aber nur einmal, und das für ein paar Sekunden, weil er schon dabei war, ins Haus zu gehen. Sie traute sich aber nicht, ihn noch mehr zu verfolgen, aus Angst, selbst erwischt zu werden, und dadurch möglicherweise die Chance zu verlieren, ihn doch ab und zu zu sehen.
Zweitens hoffte Tina insgeheim, dass Paul und Petra vielleicht nicht so ein schönes Paar sein würden, wie sie es damals waren, Tina und Paul an ihrem Hochzeitstag.
Also wartete sie einsam und versteckt hinter den Bäumen weiter bis etwas später ein schöner weißer Wagen vor die Kirche fuhr und Petra und Paul

daraus stiegen. Er hatte einen schlichten aber sehr gut sitzenden dunkelblauen Anzug und ein hellblaues Hemd an. Der Anzug stand ihm wirklich gut. Petra trug ebenfalls ein schlichtes aber trotzdem sehr hübsches Brautkleid, das sehr schön ihre Figur betonte. Ihre Haare steckten locker am Hinterkopf zusammen, so, dass sie sich im Wind etwas bewegten, was durchaus romantisch aussah. In der Hand hielt Petra einen süßen kleinen Brautstrauß.
Die Hoffnung von Tina, dass die beiden zusammen kein hübscheres Brautpaar ergeben würden, als sie und Paul damals, bewahrheitete sich also nicht.
Wiedermal spürte sie einen stechenden Schmerz, der wie ein Pfeil ihren ganzen Körper durchbohrte.
Mehr wollte und konnte sie nicht sehen. Tina wartete ab, bis alle in die Kirche gingen, und lief schnell zu ihrem Auto.

Als sie das nächste mal Petra im Fitnessstudio traf, schwärmte diese von ihrer Hochzeit und bedauerte es, dass Tina leider nicht dabei sein konnte.
Sie zeigte ihr einige Fotos von der Hochzeit, die Petra auf ihrem Handy hatte. Auf jedem dieser Fotos sah man ein glücklich lächelndes Paar entweder beim Tanzen oder beim Anschneiden der Hochzeitstorte. Tina tat natürlich so, als würde sie

die Fotos toll finden, was sie aber in Wirklichkeit viel Überwindung kostete.
Zu diesem Zeitpunkt entstanden nach und nach Bilder und Ideen in Tinas Kopf, die ihre Rachegelüste noch mehr befeuerten. Sie verlor endgültig die Kontrolle über ihre Emotionen und es wurde ihr allmählich egal, dass sie nicht nur Paul und Petra Schaden zufügen würde, sondern dadurch auch ihr eigenes Leben für immer zerstören könnte.
Besonders Paul sollte dabei lange und qualvoll leiden, wünschte sich Tina.

Eines Tages geschah etwas, was ihr fast zum Verhängnis hätte werden können.
Paul holte an dem Tag Petra vom Fitnessstudio ab, und als sie und Tina fast am Ausgang ankamen, fragte Petra, ob Tina ihn nicht kennenlernen möchte. Natürlich durfte es auf gar keinen Fall geschehen, dass Paul Tina da sehen und erfahren könnte, dass sie Petra bereits seit längerem kennt. Tina musste in diesem Moment in Sekundenschnelle improvisieren und sich etwas überlegen, um dieser Situation zu entgehen. Sie tat so, als würde sie auf einmal nach ihrem Autoschlüssel suchen, und diesen in ihrer Tasche nicht finden. Tina sah dabei sehr besorgt aus und sagte zu Petra, dass sie glaube, der Schlüssel sei

ihr in der Umkleidekabine aus der Jackentasche gefallen und sie jetzt zurückgehen müsse, um ihn dort zu suchen. Petra wollte noch auf sie warten, aber Tina bat sie ruhig nach Hause zu fahren, da sie noch etwas mit der Fitnesstrainerin besprechen wolle. Petra bat ihr dann an, im Falle, dass Tina ihren Autoschlüssel doch nicht finden sollte, sie später anzurufen, um sie abzuholen und nach Hause zu fahren. Zum Glück passierte es bis dahin zum ersten mal, dass Paul Petra aus dem Fitnessclub abholte. Also hoffte Tina, dass es eher eine Ausnahme wäre, und sie es nicht befürchten müsse, vom Paul da getroffen zu werden. Aber sie wollte trotzdem in der Zukunft vorsichtig sein, und sich erst mal etwas umschauen, bevor sie zum Parkplatz ginge.

Da Tinas Sehnsucht nach Paul in dieser ganzen Zeit kein bisschen nachließ sondern noch größer wurde, wollte sie ihn nicht nur mal an seinem Haus sehen, sondern eventuell auch versuchen, mit ihm zu sprechen. Also schrieb sie ihm, nach sehr langer Zeit, eine Nachricht, und bat ihn um ein Treffen, da sie beim Aufräumen ihres Abstellraumes zuhause in einer älteren Kiste ein Paar Fotos von ihm entdeckt hätte. Es würde sich um Pauls Kindheitsfotos

handeln und sie wolle sie nicht einfach so entsorgen. Paul war von dieser Nachricht absolut nicht begeistert. Er traute Tina nicht zu, ruhig und sachlich bei diesem Treffen zu bleiben. Eigentlich wollte er gar nicht hin. Aber Tina versicherte ihm in ihrer Nachricht, dass es sich tatsächlich nur um diese Fotos handeln würde. In Wirklichkeit war es so, dass Tina diese Fotos schon vor langer Zeit, als Paul auszog, fand. Sie wollte sie aber behalten, als Erinnerung an ihn, und so blieben sie in Tinas Besitz. Aber jetzt boten sie ihr eine Möglichkeit an, doch noch eventuell Paul zu treffen und zu sprechen. Tina schlug Paul vor, sich auf dem Parkplatz vor dem städtischen Park zu treffen, damit es an einem neutralen Ort geschehe. Paul, der immer noch sehr skeptisch diesem Treffen gegenüber stand, willigte doch ein, in der Hoffnung, dass es das letzte mal wäre, dass sie sich sehen.
Am nächsten Abend kam Tina bereits als erste zu dem besagten Parkplatz.
Sie saß in ihrem Auto und wartete. Ihr Herz schlug schneller als sonst und ihre Hände waren eiskalt obwohl sie Handschuhe trug. Sie war sehr aufgeregt. Dann sah sie, wie Paul in seinem Auto ankam und genau neben ihrem Auto parkte. In diesem Moment schlug ihr Herz noch schneller. Tina stieg aus,

versuchte nach außen ruhig zu wirken, und setze sich auf den Beifahrersitz in Pauls Auto. In der Hand hielt sie eine Schachtel Pralinen, die Tina Paul schenken wollte. Es war die Sorte Pralinen, die Paul am liebsten aß, als sie noch zusammen waren. Die beiden guckten sich an. Pauls Gesichtsausdruck war zwar ernst, aber nicht unfreundlich. Er hat sich vorgenommen, möglichst neutral zu bleiben, und das ganze so schnell wie möglich hinter sich zu bringen.
„Hallo Paul", sagte Tina als erste. „Ich freue mich, dich zu sehen".
Sie zwang sich dazu, möglichst unaufgeregt zu erscheinen. Paul bemerkte aber trotzdem ein leichtes Zittern in ihrer Stimme. „Guck mal, ich habe dir deine Lieblingspralinen mitgebracht", sagte sie weiter und überreichte ihm die Pralinenschachtel.
„Hallo Tina, das ist aber nicht nötig gewesen, du wolltest mir doch nur die Fotos geben", antwortete Paul und schaute sie dabei weiterhin ernst an. Die Pralinen blieben in der Hand von Tina. Paul wollte sie nicht annehmen. Er stellte sich dieses Treffen anders vor. Paul wollte einfach Fotos nehmen und ohne weitere Gespräche zurückfahren.
Tina legte die Pralinen dann auf den Rücksitz in seinem Auto.
„Ich wollte nur nett sein, wir haben uns doch schon

so lange nicht mehr gesehen. Schließlich sind wir keine Fremden füreinander“, sprach Tina weiter.
„Nein, sind wir nicht. Aber jeder von uns lebt jetzt sein eigenes Leben und so soll es auch bleiben“, sagte Paul. Tina schwieg einen Moment lang und dann bemerkte Paul, dass ihr eine Träne die Backe runter lief. Es war doch eine blöde Idee, sie zu treffen, dachte Paul in dieser Minute. Genau das wollte er auf jeden Fall vermeiden.
Tina bemerkte seine Verärgerung und sagte:
„Mach dir keine Sorgen, ich will dich nicht zurück haben. Es ist nur, weil wir auch schöne Zeiten miteinander hatten. Es war doch nicht alles schlimm“.
„Nein, es war nicht alles schlimm, aber was vorbei ist, ist vorbei“, erwiderte Paul und versuchte dabei, möglichst sachlich zu wirken, damit die entstandene Situation nicht eskaliert.
„Hast du die Fotos dabei?“, frage er. Tina holte aus ihrer Handtasche einen Umschlag.
„Ja, hier sind die“, sagte sie und streckte Paul diesen entgegen. Er nahm den Umschlag und steckte ihn in die Innentasche seiner Jacke.
Es entstand eine Pause. Beide schwiegen einen Moment lang. Tina wollte noch nicht gehen, Paul seinerseits überlegte, wie er jetzt dieses Wiedersehen

möglichst ohne weitere emotionale Entgleisungen von Tina beenden könnte.
Tina atmete tief ein und aus. Dabei strich sie sich langsam durch ihre Haare. Dann guckte sie noch mal Paul an.
„Hab keine Angst, ich komme schon klar. Lebe wohl“, sagte sie zum Abschied.
„Lebe wohl Tina“, antwortete Paul.
Sie stieg aus seinem Auto aus, setzte sich in ihres und fuhr davon. Jetzt fielen Paul die Pralinen auf, die auf dem Rücksitz lagen. Unterwegs nach Hause wollte er überlegen, ob er sie behalten oder doch wegschmeißen sollte.
Paul wartete noch ein paar Minuten, bis Tinas Auto nicht mehr zu sehen war, und führ ebenfalls los. Es war bereits Januar, an diesem Tag fiel zum ersten mal etwas Schnee.

Am nächsten Tag planten Paul und Petra gemeinsam in ihre Firma zu fahren, da Petra dort nur ein oder zwei Tage in der Woche bei der Buchhaltung aushalf. Als sie sich in Pauls Auto setzte, fielen ihr die Pralinen, die auf dem Rücksitz lagen, auf.
„Von wem sind die Pralinen da, oder hast du sie selbst gekauft?“, fragte sie Paul.
In diesem Moment erinnerte er sich daran, dass er

sie eigentlich wegwerfen wollte, aber es noch nicht geschafft hat.
„Ach, von einer Kundin, bei der ich gestern war“, log Paul Petra an.
Was hätte er denn sonst sagen sollen? Von seiner Ex-Frau? Das durfte Petra auf gar keinen Fall erfahren.
Sie nahm die Schachtel, drehte sie um und las die Zutaten durch. Das tat sie als Allergikerin schon routinemäßig. Weder unter den Zutaten, noch bei dem Hinweis, was diese Pralinen sonst enthalten könnten, fand sie Erdnüsse.
„Ich nehme sie mit ins Büro, zum Kaffee später“, sagte sie und behielt sie in ihren Händen.
Der Tag im Büro fing ganz normal an. Petra kümmerte sich um die Beläge, die sich seit zwei Tagen angesammelt haben. Paul telefonierte mit den Kunden und Lieferanten. Jeder erledigte seinen Teil der Aufgaben, die ein Betrieb so mit sich bringt. Gegen elf Uhr Vormittags kam ein Angestellter vorbei, der normalerweise meistens im Außendienst tätig war, aber ab und zu auch ins Büro musste, um mit Paul die laufenden Projekte zu besprechen. Kurz danach kochte Petra für alle Kaffee, erinnerte sich an die mitgebrachten Pralinen und stellte die geöffnete Schachtel auf den Tisch, an dem Paul und sein Kollege saßen.

Jeder der drei griff zu und aß eine Praline. Die schmeckten sehr gut zum Kaffee.
Da konnte Petra nicht widerstehen, und aß noch eine.
Dann nahm sie ihre Kaffeetasse mit und setzte sich an ihren Tisch, um weiter zu arbeiten.
So vergingen ungefähr zehn Minuten, bis Petra anfing, sich komisch zu fühlen.
Zunächst bemerkte sie, dass die Haut ihrer Hände anfing, zu jucken. Schon kurze Zeit später schwollen ihre Lippen und Zunge an und sie bekam immer weniger Luft.
In diesem Moment ergriff Petra eine unbeschreibliche Angst, da sie eine heftige allergische Reaktion bei sich befürchtete. Sie versuchte, Paul anzusprechen, jedoch schaffte Petra aufgrund der Schwellungen in ihrem Gesicht, kein vernünftiges Wort mehr herauszubringen. Sie stöhnte laut auf, Paul und sein Kollege schauten sie verwundert an. Da Paul aber von ihrer schweren Allergie wusste, wurde ihm blitzschnell klar, was gerade mit Petra geschehe.
Er lief zu ihr.
„Schatz, was hast du denn?“, fragte Paul obwohl ihm bereits klar war, dass diese Frage jetzt vollkommen überflüssig sei. Petras Gesicht schwoll

immer mehr an. Ihre Atmung fing an, flacher zu werden. Mit letzter Kraft packte sie seinen Arm an und deutete mit ihrer Hand auf ihren Hals.
„Ich kriege keine Luft, Paul ich....“, versuchte Petra zu sagen. Doch es war mehr ein Röcheln, da sie bereits nicht in der Lage war, zu sprechen.
Das Atmen fiel ihr immer schwerer, jeder Atemzug wurde lauter und lauter.
Petras Brust hob sich dabei sehr stark an. Ihre Gesichtsfarbe verblasste zusehends.
Paul ließ sie auf dem Stuhl sitzen, was Petras Atmung etwas erleichtern sollte.
Ihr Zustand verschlimmerte sich, sie war kaum mehr ansprechbar. Das einzige, was Petra noch machen konnte, war, mit einem schwachen Handzeichen auf ihre Handtasche zu deuten. Paul wusste aber bereits selbst, was zu tun sei.
In ihrer Handtasche befand sich ihr Notfallset, das sie immer und praktisch überall bei sich haben musste.
Da Petra ihm kurz nachdem die beiden sich kennengelernt haben, erzählte, dass sie eine stark ausgeprägte Allergie auf die Erdnüsse habe, musste Paul sich mit der ersten Hilfe nach einem möglichen anaphylaktischen Schock befassen. Vor allem musste er lernen, wie man in einem solchen Fall eine

Adrenalinspritze verabreicht.
Inzwischen griff sein Arbeitskollege zum Telefon und rief den Notarzt an.
Paul holte einen roten Beutel aus Petras Tasche, darin befanden sich ihre Medikamente inklusive der Adrenalinspritze.
Sie wiederum sank bereits in ihrem Stuhl zusammen und schien jeden Augenblick ihr Bewusstsein komplett zu verlieren.
Paul nahm die Spritze in die Hand, so, wie er es gelernt hat, entfernte die Schutzkappe, stieß mit dem anderen Ende der Spritze kräftig in Petras linken seitlichen Oberschenkel und zählte leise bis zehn.
Dann entfernte er langsam die Spritze, seine Hand sank zu Boden.
Paul sah Petra an und hoffte, dass das schlimmste schon bald überstanden sei.
Tatsächlich, langsam beruhigte sich ihre Atmung. Sie schien Petra nicht mehr so schwer zu fallen. Sie hob ihren Kopf etwas und schaute Paul an. Ihr Blick wurde klarer.
Er wusste aber, dass sie auch die restlichen Medikamente aus dem Notfallset benötigte und verabreichte ihr diese nach und nach. Da sie flüssig waren, half Paul Petra dabei, sie zu schlucken, in dem er ihren Kopf hielt und ihr die Fläschchen zum

Mund führte.
„Wie fühlst du dich?“, fragte er sie danach.
Petra atmete nochmal tief ein und aus. Reden konnte sie noch nicht. Sie nickte nur ein paar mal mit dem Kopf, und deutete damit an, dass es ihr schon besser gehe.
In diesem Moment hörten sie schon die Sirene des Krankenwagens, der vor ihrem Büro anhielt. Der Notarzt und zwei Sanitäter liefen schnell rein.
„Es ist meine Frau“, sagte Paul und zeigte auf Petra.
„Sie hatte einen allergischen Schock“.
„Worauf ist sie denn allergisch?“, fragte der Notarzt.
„Auf Erdnüsse“, antwortete Paul.
„Wann und wie fing es an?“, fragte der Notarzt weiter und untersuchte gleichzeitig schon Petras Zustand.
„Wir haben zusammen Kaffee getrunken und diese Pralinen gegessen“, erzählte Paul und zeigte auf die besagte Schachtel.
„Wir nehmen sie mit, sie müssen ins Labor, um die genaue Ursache für den anaphylaktischen Schock ihrer Frau festzustellen.“.
„Haben Sie ihr schon was verabreicht?“, wollte der Arzt weiter wissen, worauf Paul ihm dann schilderte, was er alles gemacht habe.
„Hier sind Medikamente und die Spritze, die ich ihr

gab“, sagte er und überreichte diese dem Arzt.
Petra ging es mittlerweile schon besser, sie war wieder ansprechbar.
„Wir müssen Sie trotzdem auf jeden Fall mitnehmen. Sie sollten unbedingt noch einige Zeit im Krankenhaus überwacht werden.“ Während der Arzt es sagte, wurde Petra bereits von den Sanitätern auf die Liege gelegt und zum Krankenwagen gefahren.
„Ich fahre Ihnen hinterher“, sagte Paul und erkundigte sich nach dem Krankenhaus, in welches sie gebracht werden sollte.
Der Krankenwagen fuhr recht schnell los. Paul bat seinen Kollegen, das Büro später abzuschließen, setzte sich in sein Auto und führ ebenfalls Richtung Krankenhaus.

Ungefähr zwanzig Minuten später stand er schon in der Notaufnahme des Krankenhauses. Als er sich nach Petra erkundigte, wurde das Gesicht der diensthabenden Mitarbeiterin auffällig ernst.
„Warten Sie bitte einen Moment, ich werde Sie gleich aufrufen“, sagte sie.
Kurze Zeit später kam ein junger Arzt ins Wartezimmer und fragte nach Paul.
„Ja. Ich bin es“, sagte er.

„Kommen Sie bitte mit“, bat ihn der Arzt.
Die beiden gingen in einen Behandlungsraum. Nach dem der Arzt die Tür hinter sich abschloss, drehte er sich zu Paul und sagte:
„Leider muss ich Ihnen mitteilen, dass Ihre Frau so eben verstorben ist“.
Paul begriff nicht sofort, was der Arzt gerade sagte. In seinem Kopf entstand ein Sammelsurium an unterschiedlichen Gedanken und Bildern. Es dauerte einige Sekunden, bis er wieder im Stande war, etwas zu sagen.
„Es ging ihr doch schon besser, als sie abgeholt wurde. Ich verstehe das nicht. Was ist denn passiert?“, fragte Paul aufgeregt.
„Sie erlitt während des Transportes einen zweiten anaphylaktischen Schock. Das passiert leider in einigen seltenen Fällen. Im Fall ihrer Frau kam es unglücklicherweise dazu, dass sie gleichzeitig mehrere lebensbedrohliche Symptome entwickelte. Ihr Kreislauf und ihre Atmung versagten praktisch parallel, jedenfalls sehr kurz nacheinander. Bereits im Krankenwagen begann unser diensthabender Arzt mit den Reanimationsmaßnahmen. Als sie hier ankam, wurde sie sofort auf die Intensivstation gebracht. Wir haben wirklich alles gemacht, was nötig und möglich war. Es tut mir sehr Leid.“,

berichtete der Arzt.
Es entstand wieder eine Pause, bis Paul weiter sprechen konnte.
„Ich verstehe es trotzdem nicht. Ich habe ihr doch alle Medikamente aus ihrer Notfalltasche gegeben. Und es ging ihr danach schon besser. Ich habe es doch deutlich gesehen."
„Es heißt eine biphasische Anaphylaxie. Es geschieht zum Glück sehr selten. Aber leider hat es Ihre Frau betroffen. Sie haben alles richtig gemacht. Dieser zweite allergische Schock kann auch dann passieren, obwohl man Medikamente bekommen hat und der Zustand sich zunächst mal bessert. Der Allergen bleibt ja noch einige Zeit im Körper. Deswegen werden solche Patienten immer ins Krankenhaus zur weiteren Beobachtung gebracht. Im Fall Ihrer Frau ging alles leider viel zu schnell. Letztendlich werden wir erst nach der Obduktion wissen, was die genaue Todesursache ist. Sie werden natürlich dementsprechend informiert.", erklärte der Arzt.
Dann schlug er Paul vor, sich gleich von jemandem abholen zu lassen, denn in seinem momentanen Zustand wäre es eventuell gefährlich, selbst ein Auto zu fahren.
Paul nickte mit dem Kopf, als ihm bereits die erste

Träne das Gesicht runter lief, weil er langsam anfing, zu begreifen, was passiert sei.
„Darf ich sie sehen?“, fragte er den Arzt.
„Ja, natürlich“, antwortete dieser, holte sein Diensttelefon aus der Kitteltasche und rief nach einer Krankenschwester, die Paul zu seiner Frau begleiten sollte.
Diese kam kurz darauf ins Zimmer und bat Paul, ihr zu folgen. Sie gingen einige Minuten schweigend nebeneinander. Paul bewegte sich beinahe mechanisch, er achtete nicht auf den Weg. Die Situation erschien ihm immer noch vollkommen unrealistisch. Noch vor ein paar Stunden saß er mit Petra am Tisch beim Kaffee trinken. Jetzt soll sie tot sein? Tot?
Dann blieb die Krankenschwester vor einem Raum stehen.
„Sie liegt hier“, sagte sie und öffnete langsam die Tür. Paul stand einen Moment da. Er brauchte etwas Zeit, um darein zu gehen. Er wollte unbedingt Petra sehen, wusste aber nicht, ob ihr Anblick ihn nicht komplett aus der Fassung bringen würde. Paul ging langsam ins Zimmer. Da stand nur ein Bett und darauf lag Petra. Sie sah nicht mehr so hübsch aus, wie sonst. Die Reanimationsversuche der Ärzte hinterließen ihre Spuren. Paul packte sich mit seiner

rechten Hand vors Gesicht, weil ihm die Tränen liefen, die er nicht mehr zurück halten konnte. Die Krankenschwester stellte einen Stuhl neben das Bett und bot Paul an, sich zu setzten. Er setzte sich hin, guckte noch eine Weile Petra an und nahm dann ihre linke Hand in seine. Petras Hand war bereits kalt. So saß er ein paar Minuten lang da. Dann ließ er ihre Hand langsam los. Paul stand auf.

„Petra, meine Liebe, ich....“, weiter konnte er nichts mehr sagen. Seine Stimme versagte. Die Krankenschwester reichte ihm ein Glas Wasser. Paul nahm einen Schluck. Dann bedankte er sich bei ihr und ging hinaus.

„Sie dürfen ruhig noch etwas länger hier bleiben, wenn Sie möchten.“, sagte sie.

„Nein, danke, ich kann es nicht. Ich kann sie nicht mehr so sehen.“

„Werden Sie abgeholt?“, fragte ihn darauf die Krankenschwester.

„Ich denke ja, ich rufe gleich jemanden an.“, antwortete Paul.

„Ansonsten können wir für Sie ein Taxi rufen?“, fragte sie weiter.

„Nein danke, es geht schon.“, erwiderte Paul.

„Es tut uns Leid.“, sagte sie und ging zurück zu ihrer Arbeit.

Paul merkte gar nicht, wie er einige Zeit später schon vor dem Ausgang des Krankenhauses stand. Er ging raus und setzte sich auf eine Bank, die sich in der Nähe des Einganges befand.
Paul versuchte jetzt, seine Gedanken einigermaßen zu sortieren. Er atmete mehrmals tief ein und aus. Wen sollte er jetzt anrufen? Doch nicht die Eltern von Petra. Natürlich wird er sie anrufen müssen aber nicht jetzt. Dann entschied er sich, Thomas, seinen Arbeitskollegen anzurufen, der wahrscheinlich bereits zuhause war.
Das tat er auch. Als Thomas die Nachricht von Petras Tod hörte, konnte er es kaum glauben. Zum Glück stellte er nicht zu viele Fragen und versprach, sich sofort auf den Weg zu machen. Ungefähr fünfzehn Minuten musste Paul auf ihn warten. Die erschienen ihm fast wie eine Ewigkeit. Immer mehr Gedanken kreisten im Pauls Kopf. Wie sage ich es Petras Eltern? Wie soll es ohne Petra weiter gehen? Wieso ich? Wieso passiert es mir? Wieso passiert es uns? Fragen, auf die es keine Antworten geben konnte.
Als Thomas endlich das war, umarmte er Paul und sagte:
„Es tut mir so Leid, wie konnte es denn passieren? Es ging ihr doch schon besser? Oder?“.

„Sie bekam einen zweiten allergischen Schock, der war anscheinend heftiger.“, antwortete Paul. Thomas sah natürlich, in welchem Zustand sich Paul befand, stellte keine Fragen mehr und ging mit ihm zu seinem Auto.
Als die beiden an Pauls Wohnung ankamen, schlug Thomas vor, noch ein bisschen bei ihm zu bleiben. Aber Paul wollte jetzt einfach nur allein sein. So führ Thomas weg. Paul ging ins Haus rein. Es wurde schon langsam dunkel draußen. Deswegen sah es ziemlich düster in seiner und Petras Wohnung aus. Paul ging in die Küche, machte da das Licht an und setzte sich an den Tisch. Dann legte er seine Arme und Kopf darauf, und fing an, bitterlich zu weinen. Jetzt musste Paul sich nicht mehr zusammenreißen. Jetzt konnte er sich auch nicht mehr zusammenreißen.

In dieser Nacht konnte Paul kaum schlafen. Immer und immer wieder sah er die Bilder vor sich, wie Petra zusammenbrach, wie sie abgeholt wurde und schließlich, wie sie da lag. Es gab einen Moment, indem Paul dachte, das ganze sei einfach nur ein Alptraum. Dann drehte er sich zur Seite des Bettes, wo Petra immer lag und sah, dass sie nicht mehr da war. Nein. Das war kein Alptraum. Das war die

schreckliche Realität.
Am nächsten Tag ging Paul zu Petras Eltern, die im gleichen Haus nebenan wohnten und überbrachte ihnen diese schreckliche Nachricht. Es kostete ihn unglaublich viel Kraft. Er sah, wie Petras Mutter anfing, zu weinen. Wie sie immer wieder Nein schrie. Petras Vater versuchte noch, die Fassung zu bewahren, aber seine Stimme zitterte bereits ebenfalls. Trotzdem umarmte er und tröstete seine Frau. Dann liefen auch ihm die Tränen.
Es vergingen einige Tage. Natürlich musste man sich um die Beerdigung kümmern. Paul erledigte alles halb automatisch. Er musste funktionieren.

Am Tag der Beerdigung packten Paul zwei vollkommen entgegengesetzte Gefühle. Einerseits kam ihm alles immer noch absolut unrealistisch vor. Petra lag zwar leblos da, umgeben von all den Menschen, die sie liebten und gut kannten. Andererseits schien Paul in seinen Gedanken weiterhin dagegen anzukämpfen, dass es für immer vorbei sei. Dass sie nie wieder zurück kommen und er sie nie wieder berühren würde. Als Paul nach der Beerdigung wieder zuhause war, kam ihm ihre gemeinsame Wohnung unendlich einsam vor. Er fühlte sich darin sogar etwas verloren. Die Dinge, die schon immer da waren, machten auf ihn einen merkwürdig fremden Eindruck.

Auch die nächsten Tage fühlte sich Paul ähnlich.
Dann kam endlich der Obduktionsbericht. Als Todesursache wurde der anaphylaktische Schock aufgrund der Erdnussallergie bestätigt. Man fand Erdnussspuren in Petras Körper. Da die Medikamente und auch die Pralinen, die Petra kurz vorher aß, vom notärztlichen Team bei seinem Einsatz mitgenommen wurden, mussten diese aufgrund der gegebenen Todesursache labortechnisch untersucht werden.
Doch bevor die Ergebnisse vom Labor da waren, musste Paul noch viel Geduld und Ruhe bewahren. Es vergingen weitere drei Wochen. Das, was Paul dann erfuhr, lies ihn einfach sprachlos da stehen. In den Pralinen, beziehungsweise auf deren Oberfläche fand man sehr geringe jedoch deutlich vorhandene Spuren von Erdnüssen. Da laut Verpackung dies eigentlich nicht sein durfte, warf die eigentliche Todesursache nun einige Fragen auf. Deswegen wäre man verpflichtet, das ganze, zwecks weiterer Ermittlungen an die Polizei zu übergeben.

Paul musste also nicht nur den Tod von Petra

verarbeiten. Er musste auch noch damit rechnen, dass ihr Tod anscheinend durch eine Verkettung entweder unglücklicher oder fahrlässig entstandener Umstände verursacht wurde. Die Kripo bestätigte ihm einige Tage später schriftlich, dass der Fall bei ihnen eingegangen wäre und er dort zum gegebenen Zeitpunkt dazu aussagen müsste. Paul war natürlich bereit, alles dafür zu tun, dass Petras Tod geklärt würde und diejenigen, die ihn möglicherweise fahrlässig verschuldet haben sollten, zur Rechenschaft gezogen werden würden.

Am Tag der Vorladung erschien er pünktlich bei der Polizei. Auf dem Weg dorthin und auch schon am Abend davor ging er nochmal in Gedanken alle Ereignisse durch, die an Petras Todestag passierten. Er wollte sich genau an alles erinnern und dadurch die Ermittlungen unterstützen. Es fiel Paul auch nicht besonders schwer, denn er war sich sicher, dass er diesen Tag sowieso nie vergessen würde.
Paul wurde von einem zwar freundlichen jedoch trotzdem ernst schauenden Kripobeamten begrüßt und in sein Zimmer gebeten. Dieser setzte sich an seinen Schreibtisch, Paul sollte davor Platz nehmen.
„Guten Tag Herr Winter. Mein Name ist Becker, und ich bin mit den Ermittlungen zum Fall Ihrer Frau,

beziehungsweise über deren Todesursache beauftragt.“, stellte er sich Paul vor.
„Guten Tag.“, erwiderte Paul.
„Wir haben inzwischen einige Fragen an Sie, und es wäre für uns alle sehr wichtig, dass Sie diese wahrheitsgemäß beantworten.“, sprach der Kripobeamte weiter.
„Selbstverständlich.“, sagte Paul, obwohl ihn der Ton des Polizisten etwas verwirrte. Paul war ohnehin bereit, nur die Wahrheit zu erzählen. Wozu musste der Kripobeamte das noch mal so betonen?, fragte er sich in Gedanken.
Dieser sprach weiter:
„ Es war, was wir laut Obduktion wissen, ein schwerer anaphylaktischer Schock auf Grund der Erdnussallergie Ihrer Frau. Da man im Labor kleine Spuren von Erdnüssen auf der Oberfläche der Pralinen fand, die sie vorher mit Ihnen zusammen gegessen haben soll, dies aber laut der Zutatenliste eigentlich nicht sein dürfte, müssen wir jetzt feststellen, wie es trotzdem dazu kam.“
„Ja, wir haben zusammen mit Petra, kurz bevor sie zusammenbrach, Kaffee getrunken und dazu diese Pralinen gegessen. Mein Kollege, der auch dabei war, und ich haben jeweils eine davon gegessen. Meine Frau aber leider zwei. Sie hat sich die Zutaten

aber vorher noch angeguckt.“, erzählte Paul.
„Wir haben uns selbstverständlich mit dem Pralinenhersteller in Verbindung gesetzt und ihn dazu aufgefordert, eine Aussage zu diesem Fall zu tätigen. Außerdem haben wir mehrere Stichproben weiterer Pralinen aus dieser Herstellung untersucht. Jedoch haben wir nirgendwo sonst ähnliche Abweichungen von der Norm gefunden. Der Hersteller konnte uns glaubhaft nachweisen, dass beim Produktionsprozess solche Art Fehler so gut wie ausgeschlossen wären, da man bei den Erdnüssen, die bekanntlich schwere Allergiesymptome auslösen können, besonders vorsichtig vorgehen würde. Das könnte wiederum bedeuten, dass die Spuren der Erdnüsse, die sich auf den Pralinen befanden, erst später, nachdem sie bereits gekauft wurden, dorthin gelangten. Alles Verkettung unglücklicher Zufälle? Ganz ausschließen kann man es natürlich nicht. Aber ich bin dennoch in diesem Fall ziemlich skeptisch.“, sagte der Kripobeamte. Dann machte er eine Pause und guckte dabei Paul an. Sein Blick gefiel ihm überhaupt nicht. Er bekam langsam ein komisches Bauchgefühl.
„Ich verstehe nicht ganz, was Sie mir damit sagen wollen? Stehe ich jetzt etwa im Verdacht, etwas

damit zu tun zu haben? Ich habe diese Pralinen nicht mal selbst gekauft.“, als Paul es sagte, wurde ihm auf einmal heiß und kalt gleichzeitig. Ein paar Schweißperlen traten auf seiner Stirn hervor. Tina, sie hat mir doch diese Pralinen bei unserem letzten Treffen geschenkt. Sie muss diese womöglich manipuliert haben. Aber warum? Und woher konnte sie von Petras Allergie wissen? Das kann doch nicht sein. Oder hat Tina doch was damit zu tun?, dachte Paul fieberhaft nach.

„Wer hat denn diese Pralinen gekauft? Woher oder von wem haben Sie die bekommen?, fragte der Polizist nach.

Paul wusste in diesem Moment nicht, was er sagen soll. Die Wahrheit? Soll er erzählen, dass er sich mit seiner Ex-Frau auf einem einsamen Parkplatz getroffen habe? Wegen alter Fotos? Ob man ihm das glauben würde? Aber wenn Tina wirklich etwas damit zu tun haben sollte, dann müsste sie dafür bestraft werden. Er muss doch seine Unschuld beweisen. Diese Gedanken schossen Paul in Sekundenschnelle durch den Kopf.

„Ich habe sie von meiner Ex-Frau bekommen“, musste er gestehen.

„Wir haben uns am Abend vorher, bevor Petra starb, getroffen“.

„Haben Sie noch Kontakt zu Ihrer Ex-Frau?“, fragte der Kripobeamte.
„Eigentlich schon seit langer Zeit nicht mehr, sie wollte mich zwar nach unserer Trennung zurück haben, aber ich wollte nichts mehr davon wissen. Für mich war es definitiv vorbei. Sie hat in unserer Ehe etwas getan, was ich ihr niemals verzeihen würde. Damit kam sie lange Zeit nicht klar. Aber irgendwann wurde es ruhig um sie. Ich habe gehofft, dass es endlich endgültig vorbei wäre. Für uns beide. Dann meldete sie sich überraschend wieder und behauptete, dass sie beim Ausräumen alter Kisten im Abstellraum einige Kindheitsfotos von mir gefunden hätte. Es wäre für sie zu schade, diese wegzuwerfen. Also wollte sie mir die zurückgeben, falls ich Interesse daran hätte. Ehrlich gesagt, habe ich mich beim Gedanken, meine Ex-Frau wieder zu sehen, nicht besonders wohl gefühlt. Ich wollte wirklich nicht hin. Aber sie versicherte mir, dass es nur um diese Fotos gehen würde, sonst gar nichts. Also bin ich doch hingefahren. Ich habe dummerweise mein Bauchgefühl ignoriert. Und wie es aussieht, war es wahrscheinlich ein unverzeihlicher Fehler von mir. Denn sie brachte zum Treffen diese Pralinen mit. Angeblich als ein kleines Abschiedsgeschenk für mich. Ich wollte sie noch wegschmeißen, aber habe

es leider vergessen. Am nächsten Tag entdeckte Petra diese Schachtel auf dem Rücksitz in meinem Auto. Ich wollte und konnte ihr natürlich nicht erzählen, dass ich die von meiner Ex-Frau geschenkt bekommen hätte. Sie war nie wirklich ein Thema in unserer Beziehung. Also erzählte ich Petra, dass mir diese Pralinen von einer Kundin überreicht worden wären, die ich am Tag vorher angeblich bei einem Termin getroffen hätte. Ja, ich habe sie angelogen.“, berichtete Paul und senkte seinen Kopf.
Es entstand wieder eine Pause. Beide Männer schwiegen einen Moment.
„Ich hoffe, dass Sie verstehen, dass wir Ihre Aussagen überprüfen müssen. Dafür werden wir auch Ihre Ex-Frau vernehmen. Wissen Sie, wo sie sich zur Zeit aufhält?“.
„Sie wohnt immer noch in unserem gemeinsamen Haus. Ich bin damals ausgezogen. Mehr weiß ich aber nicht.“, antwortete Paul.
„Dann schreiben Sie bitte hier ihre Adresse und ihren Namen auf“, bat ihn der Polizist und schob Paul ein leeres Blatt Papier hin. Er ging natürlich dieser Aufforderung nach und tat, was ihm gesagt wurde.
„Wir werden Sie, sobald wir neue Informationen haben, wieder vorladen. Deswegen sollten Sie die

nächste Zeit nicht verreisen und die Stadt möglichst nicht verlassen.", wies der Kripobeamte Paul hin.
„Wollen Sie damit sagen, dass ich meine Frau absichtlich gefährdet hätte? Dass ich ihren Tod wollte?", Pauls Stimme wurde etwas lauter und begann sogar leicht zu zittern. Er konnte sich kaum noch zusammenreißen.
„Sie müssen sich jetzt beruhigen. Solange die Ermittlungen laufen und wir nicht wissen, was den Tod Ihrer Frau letztendlich verursachte, muss es so sein. Falls Sie tatsächlich nichts damit zu tun haben sollten und wir es nachweisen können, müssen Sie doch nichts befürchten. Oder?", sagte der Kripobeamte in einem Ton, der keine Widerrede mehr erlaubte.
„Ich kann nur immer und immer wieder betonen, dass ich nichts damit zu tun habe. Ich habe meine Frau geliebt.", war alles, was Paul noch dazu sagen konnte.
„Wir werden uns bei Ihnen melden. Auf Wiedersehen.". Somit wurde das Gespräch vom ermittelnden Polizisten beendet.
Paul stand auf, und verließ die Wache.

Er ging zu seinem Auto und fuhr nach Hause. Dies machte er fast automatisch, denn in seinen

Gedanken ging er das Gespräch mit dem Kripobeamten mehrmals durch. Alles, was in letzter Zeit in seinem Leben passiert sei, erschien ihm einfach nur noch surreal. Noch vor ein paar Monaten feierten er und Petra ihre tolle Hochzeit. Sie waren so glücklich. Und jetzt? Jetzt ist Petra tot und er wird anscheinend verdächtigt, mit dem Tod seiner Frau etwas zu tun zu haben. Zuhause angekommen, setzte sich Paul auf die Couch und lehnte seinen Kopf nach hinten. Er machte dabei die Augen zu und versuchte, seine Gedanken wieder einigermaßen in den Griff zu bekommen. Erstens habe ich damit nichts zu tun. Wahrscheinlich ist alles tatsächlich nur ein grausamer Zufall, dachte Paul nach. Zweitens werden sie auch Tina vernehmen. Ich habe nichts zu befürchten. Ich bin doch unschuldig. Auf diese Weise versuchte Paul, sich selbst zu beruhigen. Dennoch ergriff ihn jetzt eine sehr unangenehme innere Unruhe, die seine ohnehin schon vorhandene emotionale Zerrissenheit noch zusätzlich verschlimmerte.

Die Nachricht von Petras Tod erreichte mittlerweile auch ihr Fitnessstudio. Alle waren geschockt, man konnte es kaum glauben, denn noch vor kurzem war sie beim Training dabei. Man nahm an, dass sie aufgrund irgendwelcher gesundheitlichen Probleme ein paar Mal nicht dabei sein konnte. Auch Tina zeigte sich nach außen sehr betroffen, denn man wusste, dass sie sich ganz gut mit Petra verstanden hätte. Was empfand aber Tina in Wirklichkeit? Zum ersten mal nach der Trennung vom Paul fühlte sie eine Art freudige Erregung. Sie hatte ein Gefühl, als wäre ein riesiges Hindernis, das sich die ganze Zeit auf ihrem Wege befand, endlich aus der Welt geschaffen worden. Als hätte sie jetzt sogar mehr Luft zum Atmen. Tina war beinahe euphorisch.

Sie musste sehr aufpassen, dass sie ihre wahre Stimmung nicht durch ein unvorsichtiges Wort oder eine Geste verrät. Da sie aber schon seit langer Zeit nach Außen ein Doppelleben leben musste, war es für sie nichts neues. Doch diesmal musste sie sich tatsächlich mehr anstrengen, denn der Tod von Petra, das endgültige Verschwinden ihrer größten Konkurrentin, war für Tina einfach ein überwältigendes Ereignis. Es lief sogar viel besser, als sie sich je hätte erträumen können.

An dem Tag, an dem sie von Petras Tod erfuhr, trank sie am Abend wie immer Alkohol. Diese Gewohnheit wurde zum festen Ritual in ihrem Leben. Jedoch änderte sich zum ersten mal der Grund, warum sie trank. Es ging ihr jetzt nicht

darum, mit Hilfe vom Alkohol gegen ihre innere Leere anzukämpfen und ihre Einsamkeit und ihre Sehnsucht nach Paul so zu betäuben. Sie trank, weil sie feierte. Sie feierte den Tod von Petra. Das tat Tina bewusst. Es war ihr klar, dass sie es keinesfalls bedauerte. Sie wünschte sich insgeheim den Tod ihrer Konkurrentin und er ist tatsächlich eingetreten. Selbstverständlich war ihr ebenfalls klar, dass Paul zur Zeit wahrscheinlich am Boden zerstört sein müsste. Doch auch das verschaffte Tina eine wahnhafte Genugtuung. Liebe, die zum Hass wird, hat eine zerstörerische Kraft. Sie ist wie eine Schneelawine, die einmal in Bewegung gesetzt, alles auf ihrem Wege zerschmettert.
So verbrachte Tina diesen besonderen Abend.

Im Laufe der Ermittlungen wurden auch die Eltern von Petra dazu befragt. Man wollte wissen, ob die Beziehung von ihrer Tochter und ihrem Schwiegersohn nicht möglicherweise doch wie auch immer problematisch wäre. Da es nicht der Fall war, konnten die Eltern von Petra nichts bestimmtes dazu sagen.
Selbstverständlich wurde auch die wirtschaftliche Situation in der gemeinsamen Firma der beiden Eheleute unter die Lupe genommen. Zunächst fiel

den ermittelnden Beamten nichts verdächtiges auf. Jedoch stieß man im weiteren Verlauf der Ermittlung auf die Lebensversicherung der beiden, die sie kurz vor ihrer Hochzeit abgeschlossen haben. Da Petra nun tot war, wäre Paul jetzt berechtigt, die vereinbarte Versicherungssumme zu bekommen. Jedoch fiel die Summe verdächtig hoch aus, was die Kripobeamten stutzig machte und sie veranlasste, den Paul explizit dazu zu befragen.

Als Paul wieder vor demselben Kripobeamten, wie schon bei seiner ersten Vernehmung, saß, und auf die Lebensversicherung angesprochen wurde, realisierte er allmählich, in was für einer Lage er sich endgültig befinden würde. Er hatte das Gefühl, wie ein wildes Tier, gefangen in einem Käfig zu sitzen, und nicht entkommen zu können. Die Höhe der Lebensversicherung könnte durchaus den Eindruck erwecken, dass Petras Tod für Paul wirtschaftlich vorteilhaft sein würde. Er wäre ab sofort nicht nur der alleinige Besitzer der gemeinsamen Firma, er hätte auch noch auf Grund der Lebensversicherung die Möglichkeit, sein Unternehmen um einiges zu erweitern und zu vergrößern. Das ganze machte Paul einfach nur sprachlos. Er fühlte sich wie im falschen Film. Das einzige, was er dazu sagen konnte, war

nach wie vor die Beteuerung seiner Unschuld. Paul blieb auch nichts anderes übrig, denn er konnte weder die Existenz der Lebensversicherung noch die Tatsache, dass Petra die Pralinen letztendlich von ihm bekam, nicht abstreiten.
„Haben Sie denn meine Ex-Frau vernommen?“, fragte er noch verzweifelt.
„Was hat sie denn dazu gesagt? Sie hat mir diese Pralinen geschenkt. Sie muss was damit zu tun haben.“
„Das werden wir unbedingt tun. Wir werden in alle möglichen Richtungen ermitteln. Leider stellt sich aber heraus, dass im Moment ein dringender Tatverdacht gegen Sie besteht und wir Sie festnehmen müssen. Sie bleiben solange in Untersuchungshaft, bis die Ermittlungen abgeschlossen sind und ein rechtskräftiges Urteil ausgesprochen wurde. Selbstverständlich dürfen Sie dazu Ihren Anwalt sprechen.“, teilte nun der Polizist Paul mit.
Dieser erstarrte und brachte zunächst kein Wort mehr heraus. Paul dröhnte auf ein mal sein Kopf. Klar denken war so nicht mehr möglich. Er saß regungslos da. Dann kamen zwei weitere Beamten in den Raum und forderten Paul auf, mit ihnen mitzukommen.

Als Paul seine Zelle in der Untersuchungshaft erreichte, nachdem er mehrere Durchsuchungen über sich ergehen lassen musste, setzte er sich auf das Bett, das da neben der Wand stand und saß noch sehr lange so da, fast ohne sich zu bewegen. Dabei starrte er die gegenüberstehende Wand an, und war kaum in der Lage, einen klaren Gedanken zu fassen. Diese schossen ihm chaotisch durch den Kopf, gemischt mit den Bildern aus seinem Leben. Nach und nach wurde sein Gedankenkarussell etwas langsamer. Paul fing an, zu realisieren, was passiert sei. Da er an Petras Tod unschuldig war, wollte und konnte er nicht glauben, dass er dafür möglicherweise verurteilt werden könnte. Es wird sich alles noch klären. Sie werden auch Tina vernehmen. Es kann nicht sein, dass sie nichts dabei herausfinden, dachte Paul. Ich muss auf jeden Fall so schnell wie möglich mit meinem Rechtsanwalt sprechen. Pauls Rechtsanwalt, der ihn schon bei seiner Scheidung vertreten hat, leitete eine große Kanzlei, die Paul auch im Zuge seiner Selbstständigkeit begleitete. Es waren gute Rechtsanwälte dabei, und so hoffte Paul, dass seine Angelegenheit schnell geklärt werden würde und er nicht lange in der Untersuchungshaft bleiben müsste. Einige Zeit später brachte ein Wärter ihm das Abendessen. Paul bat ihn um ein Telefonat mit seinem Rechtsanwalt. Dieser begleitete ihn bis zu dem Raum, wo er in Anwesenheit von einem anderen Wärter mit seinem Anwalt telefonieren konnte. Das Gespräch dauerte nicht sehr lange, denn der Rechtsanwalt schlug Paul vor, alles später persönlich zu besprechen. Dafür versprach er ihm, am nächsten Tag schon zu ihm in die Untersuchungshaft zu kommen. Die Nacht darauf konnte Paul kaum schlafen. Abgesehen davon, dass das Bett in seiner Zelle unglaublich unbequem war, ließen ihm seine Gedanken einfach keine Ruhe. Nach dem er am nächsten Tag aufstand, zählte er beinahe jede Minute, bis sein Anwalt endlich da war.

In seinem Kopf versuchte Paul, die Ereignisse der letzten Zeit so zu sortieren, dass er möglichst klar und detailliert alles seinem Rechtsanwalt schildern könnte. Obwohl er auf der einen Seite noch müde und psychisch sehr labil war, war er auf der anderen Seite absolut entschlossen, für sich zu kämpfen.
Pauls Rechtsanwalt kam zehn Minuten früher als abgemacht. Er und Paul wurden in Begleitung eines Wärters in einen Raum gebracht, wo sie sich an einen Tisch setzen konnten, um miteinander zu sprechen. Der sie begleitende Justizvollzugbeamte

blieb ebenfalls in diesem Raum.
„Herr Winter, ich bedauere es sehr, dass wir uns unter solchen Umständen treffen.“, fing sein Rechtsanwalt das Gespräch an.
„Sie möchten also, dass meine Kanzlei Sie bei Ihrer Verteidigung in diesem Fall vertritt?“, frage er Paul.
„Ja, das wäre mir sehr wichtig. Ich habe schon seit ich Sie kenne, vollstes Vertrauen zu Ihnen gehabt und sehe keinen Grund, warum das jetzt anders sein sollte.“, antwortete Paul und versuchte dabei, äußerst sachlich zu klingen, um seine wahren Emotionen nicht zu verraten.
„Es sei denn, Sie wollen meinen Fall nicht übernehmen. Dann werde ich mich wohl nach einem anderen Strafverteidiger umsehen müssen.“, fügte er hinzu.
„Herr Winter, ich kenne Sie schon seit einiger Zeit. Die Zusammenarbeit mit Ihnen klappte bis heute jedenfalls einwandfrei. Sie sind nach wie vor ein Mandant unserer Kanzlei und wir werden Sie weiterhin vertreten. Wichtig ist natürlich, aber davon gehe ich auch aus, dass ich und meine Kollegen nur die Wahrheit von Ihnen hören und soweit es überhaupt möglich ist, jedes einzelne Detail, das zur Klärung dieses Sachverhaltes beiträgt, erfahren.“, antwortete sein Rechtsanwalt.

„Ja natürlich.“, sagte Paul.
„Ich bin unschuldig und habe nichts zu verbergen.“
Dann erzählte er seinem Rechtsanwalt alles, was bis dahin geschehen ist. Zwischendurch stellte dieser Fragen an Paul, oder bat ihn, einige Szenen besonders genau zu beschreiben. Dabei nahm er das Gespräch mit einem Diktiergerät auf. Es dauerte ziemlich lange. Am Ende war Paul sehr erschöpft, denn seine beinahe schlaflose Nacht und das Beschreiben der Ereignisse, die ihn in diese Katastrophe führten, kosteten ihn unglaublich viel Kraft.
„Wir werden uns wieder treffen, sobald die Kripo ihre Ex-Frau dazu vernommen hat. Dann werden wir unser weiteres Vorgehen besprechen. Versuchen Sie sich zu erholen.“, sagte sein Rechtsanwalt zum Schluss. Paul bedankte sich bei ihm, stand auf und wurde vom Wärter wieder in seine Zelle begleitet. Er legte sich hin und schlief vor lauter Erschöpfung tatsächlich ziemlich tief ein. Als er wieder aufwachte, wusste Paul für einige Sekunden nicht mehr, wo er sei. Dann kam die Erinnerung und er seufzte laut, weil das ganze doch nicht einfach nur ein Alptraum von ihm war.
Jetzt musste er warten, bis er wieder etwas von den Ermittlungen in seiner Sache mitbekommt. Das

wichtigste, nämlich die Aussage von Tina, stand noch bevor.

Einige Tage später erhielt sie tatsächlich als Zeugin eine Vorladung von der Kripo, um bei den Ermittlungen zum Todesfall von Frau Petra Winter auszusagen. Dass Paul in der Untersuchungshaft saß, wusste sie natürlich nicht. Woher denn, sie hatte ja weder zu ihm noch zu seinen Eltern noch Kontakt. Aber sie vermutete schon, dass die Umstände von Petras Tod solche Art Konsequenzen nach sich ziehen könnten. Es war also kein Wunder, dass die Polizei deswegen Ermittlungen gegen Paul aufgenommen habe. Für einen Moment spürte Tina so etwas wie Mitleid mit Paul. Es dauerte jedoch nur Sekunden, dann meldete sich ihr Hass wieder laut zu Wort. Es ist auch besser so, dachte sie. Jetzt geht es ihm hoffentlich genau so dreckig wie mir damals in der Psychiatrie. Wir gehörten einmal zusammen, aber leiden musste ich alleine. Nein Paul, das ist nicht fair. Danach fing Tina an, sich Gedanken zu machen, was sie der Kripo alles sage. Sie spielte jede mögliche Frage durch und überlegte dazu einige Antworten, die je nach dem, in welche Richtung das Gespräch gehen sollte, plausibel erscheinen würden. Tina wollte nichts dem Zufall überlassen. Denn sie ist nicht so weit gegangen, um jetzt wieder als Verliererin da zu stehen.

Am besagten Tag erschien Tina bei der Polizei. Sie wurde von demselben Polizisten
empfangen und vernommen, der schon mit Paul gesprochen hat.
Sie saß sogar auf demselben Stuhl, worauf bereits Paul bei seinen Vernehmungen sitzen musste. Der ermittelnde Beamte stellte sich vor. Dann begann die Befragung.
„Sagen Sie mir bitte, wie Sie heißen und wo Sie wohnen?“ Tina antwortete.
„Wir haben Sie als Zeugin im Ermittlungsfall Paul Winter vorgeladen. Es geht dabei um den Tod seiner Ehefrau, genauer gesagt um die Todesumstände, die noch geklärt werden müssen. Nachweislich starb seine Frau an einem anaphylaktischen Schock, der durch eine ausgeprägte Erdnussallergie verursacht wurde. Die Spuren der Erdnüsse, die dazu führten, fand man auf den Pralinen, die sie als letztes gegessen hat. Diese hat Frau Winter zwar von ihrem Mann bekommen, der behauptet aber, dass er sie von Ihnen erhalten habe. Am Abend vor dem Todestag seiner Frau. Das, was hier zu den Ermittlungen führte, ist die Tatsache, dass laut Inhaltsstoffen auf

der Pralinenschachtel keine Erdnüsse dabei sein durften. Stimmt seine Behauptung, dass er diese Pralinen von Ihnen bekommen habe?", fragte der Kripobeamte Tina. Diese blieb dabei ganz ruhig und antwortete:
„Nein, ich weiß nicht, warum er so etwas behauptet. Wir haben uns schon seit sehr langer Zeit nicht mehr gesehen. Wir sind geschieden und jeder lebt jetzt sein eigenes Leben. Keine Ahnung, warum er mich jetzt plötzlich in diese Geschichte hineinzieht.".
„Sie wollen mir also sagen, dass Sie schon lange nicht mehr ihren Ex- Mann getroffen hätten? Wann war es denn das letzte mal?"
„Es war vor dem Gericht, während unseres Scheidungsverfahrens, ich weiß nicht mehr, wann genau, aber auf jeden Fall vor langer Zeit. Sie können es beim Gericht auch überprüfen lassen. Ich lüge nicht.", sagte Tina und zuckte dabei mit keiner Wimper.
„Das werden wir tun. Außerdem werden wir auch Ihre Fingerabdrücke mit den Fingerabdrücken auf der Pralinenschachtel vergleichen. Sie müssen wissen, dass Sie wegen Falschaussagen zur Verantwortung gezogen werden können.", stellte der Kripobeamte klar. Tina zeigte trotzdem keine Regung.

„Das ist mir durchaus klar.“, antwortete sie.
„Dann habe ich im Moment keine weiteren Fragen mehr an Sie. Mein Kollege wird Ihnen gleich Ihre Fingerabdrücke abnehmen.“, somit ging die Vernehmung zu Ende und Tina verließ nach einer Weile die Wache, nach dem sie ihre Fingerabdrücke abgab.

Sie hat natürlich gelogen. Aber Tina wollte, dass Paul mit aller Härte bestraft werden würde. Außerdem gab es bei ihrem letzten Treffen keine Zeugen. Paul könnte, auch wenn er wollte, die Behauptungen von Tina nicht widerlegen. Es kann natürlich sein, dass er die Fotos, die sie ihm damals brachte, als Beweis vorzeigt. Da würde man auch ihre Fingerabdrücke finden. Aber das hätte keine Aussagekraft, denn sie waren verheiratet und Tina hatte selbstverständlich während dieser Zeit ihre gemeinsamen Fotos angefasst. Außerdem könnte sie ja sagen, dass er diese Fotos bereits seit ihrer Scheidung besessen hätte. Sie überlege all das und atmete tief durch. Es lief genau so, wie sie es sich vorgestellte. Paul hätte keine Chance, seine Unschuld zu beweisen. Wieder mal empfand Tina eine Genugtuung. Darauf sollte ich einen trinken, dachte sie und schenkte sich ein Glas Rotwein, sobald sie zuhause ankam und sich auf ihre Couch setzte.

„Es gibt leider schlechte Nachrichten. Ihre Ex-Frau bestreitet, dass Sie sich am Abend vor dem Todestag ihrer Ehefrau mit ihr getroffen hätten. Da man dazu keine Zeugen hat, steht jetzt leider Aussage gegen Aussage.“ So fing das nächste Gespräch zwischen Paul und seinem Rechtsanwalt an. Diese Nachricht traf Paul mit voller Wucht.
„Was? Natürlich haben wir uns getroffen. Ich habe die Fotos, die sie mir geben wollte, zuhause. Da sind bestimmt ihre Fingerabdrücke drauf.“, Pauls Stimme zitterte ein wenig vor Wut. Allmählich überkam ihn eine dumpfe Angst, dass dieser Fall auch eine andere Wendung nehmen könnte, die für ihn vorher unvorstellbar war.
„Fingerabdrücke auf den Fotos, die sie gemeinsam besessen haben, würden leider in meinen Augen die Kripo wenig beeindrucken. Wir müssen hoffen, dass man auf der besagten Pralinenschachtel Fingerabdrücke ihrer Ex-Frau findet. Das würde sofort für uns sprechen. Ich werde die entsprechende Untersuchung veranlassen.“, sprach sein Rechtsanwalt weiter. Genau in diesem Moment wurde Paul kreidebleich.

„Ist Ihnen schlecht? Möchten Sie das Gespräch beenden?“, frage ihn der Rechtsanwalt, dem Pauls Zustand auffiel.
„Nein, es geht.“, antwortete dieser.
„Ich glaube, als wir uns in meinem Auto trafen, hatte Tina ihre Handschuhe an. An dem Tag war es ziemlich kalt und Tina kann die Kälte sehr schlecht vertragen. Sie zieht sich an solchen Tagen besonders warm an.“
„Sind Sie sich ganz sicher oder wollen Sie es sich nochmal überlegen?“
„Ich bin mir fast sicher.“, lautete Pauls Antwort.
„Tja. Das macht die ganze Sache natürlich nicht einfacher. Dann würde es leider tatsächlich Aussage gegen Aussage stehen. Und das würde gegen Sie sprechen.“ Als der Rechtsanwalt es sagte, entstand eine lange Pause im Gespräch. Paul saß mit gesenktem Kopf da und starrte dabei den Boden an. Sein Rechtsanwalt bewegte einen Kugelschreiber zwischen seinen Fingern.
„Okay. Wir warten ab. Beim nächsten Termin werden wir sicherlich mehr wissen. Bis dahin müssen Sie versuchen, sich an jedes Detail des Treffens mit Ihrer Ex-Frau zu erinnern. Das ist sehr wichtig. Auf Wiedersehen“, sagte Pauls Rechtsanwalt während er aufstand und sich dann

Richtung Ausgang bewegte. Paul blieb noch einen Moment bewegungslos sitzen. Dann wurde er vom Justizvollzugbeamten, der bei diesem Gespräch anwesend war, aufgefordert, ebenfalls aufzustehen und ihm in seine Zelle zu folgen. Dort angekommen, setzte Paul sich aufs Bett und versuchte wiedereinmal, seine Gedanken zu sortieren. Jetzt realisierte er langsam, dass der Ausgang seines Falles ab sofort absolut ungewiss sei, und er möglicherweise unschuldig verurteilt werden könnte. Er bekam bei diesem Gedanken einen Schweißausbruch. Ihm wurde dabei richtig heiß. Jetzt wurde ihm endgültig klar, dass Tina etwas damit zu tun habe. Dieses Treffen nach so langer Zeit. Fotos, die er längst vergessen hat. Und Pralinen. Sie muss diese so präpariert haben, dass sie anscheinend völlig unauffällig Spuren von den Erdnüssen enthielten. Aber woher konnte sie von Petras Allergie wissen? Sie kannten sich doch nicht. Und doch kann es niemals ein Zufall gewesen sein. Aber wie, wie kann ich es jetzt beweisen? Wir haben keine Zeugen. Tina trug dabei Handschuhe. Auf der Pralinenschachtel wird man wahrscheinlich nur meine und Petras Fingerabdrücke finden. Seit Paul in die Untersuchungshaft kam, plagten ihn fast täglich heftige Kopfschmerzen. Er verbrachte kaum einen Tag ohne Schmerztabletten.

„Nein, auf der Pralinenschachtel haben wir unter anderem nur die Fingerabdrücke von Herrn Winter und seiner verstorbene Frau festgestellt. Aber keine seiner Ex-Frau. Und wie Sie schon wissen, hat sie bei ihrer Vernehmung das Treffen mit ihrem Ex-Mann bestritten.“, antwortete der ermittelnde Kripobeamte Pauls Rechtsanwalt, als dieser ihn telefonisch erreichte.
„Was werden Sie dann als nächstes tun? Mein Mandant besteht auf seiner Aussage. Er behauptet nach wie vor, sich am Abend vorher mit seiner Ex-Frau getroffen und dabei von ihr diese Pralinen bekommen zu haben. Ich denke, es wäre jetzt sinnvoll, sein Auto zu durchsuchen. Möglicherweise finden wir dort doch Indizien für dieses Treffen.“, schlug dann der Rechtsanwalt vor.
„Ich würde auch die Lebensumstände seiner Ex-Frau mehr unter die Lupe nehmen.“
„Das haben wir auch vor und beschäftigen uns gerade damit. Das Auto von Herrn Winter befindet sich auch schon bei uns und wird zur Zeit inspiziert. Wir werden Sie, sobald wir etwas neues wissen, informieren.“
„Ja, danke. Auf Wiederhören.“

Die weiteren Ermittlungen brachten tatsächlich einige wichtige Dinge ans Tageslicht, die ein weiteres Vernehmen von Tina nötig machten. Die zweite Vorladung dazu bekam sie genau zwei Wochen nach ihrer ersten. Das beunruhigte Tina, aber sie hat sich fest vorgenommen, alles zu bestreiten. Auch wenn die Polizei herausfinden sollte, dass sie Petra aus ihrem gemeinsamen Fitnesskurs kannte, gab es für das Treffen mit Paul weiterhin keine Beweise. Fest entschlossen, bei ihrer Version der Geschichte zu bleiben, betrat Tina den Vernehmungsraum auf der Wache. Da wartete bereits der ihr schon bekannter Kripobeamte auf sie.
„Kommen Sie rein. Setzten Sie sich.“, forderte er Tina auf und zeigte dabei auf den Stuhl vor seinem Schreibtisch.
„Wir haben ein Paar weitere Fragen an Sie, und hoffen, dass Sie diese wahrheitsgemäß beantworten. Anderenfalls kann es für Sie rechtliche Folgen haben. Aber das habe ich Ihnen bereits schon gesagt.“, fing er das Gespräch an.
„Ja, natürlich.“, erwiderte Tina.
„Erstens haben wir festgestellt, dass Sie die verstorbene Ehefrau von Herrn Winter gekannt haben müssen. Sie haben doch mir ihr zusammen

einen Kurs im „Frauen Power“ Fitnessstudio besucht. Stimmt es?“, fragte er Tina.
„Ich habe erst später, als sie und Paul geheiratet haben, erfahren, dass sie die neue Frau von Paul war. Sie hat einige unter uns zu ihrer Hochzeit eingeladen. Ich konnte nicht hingehen, mir ging es damals gesundheitlich nicht gut. Später zeigte sie uns ein Paar Hochzeitsfotos und da habe ich natürlich sofort den Paul erkannt.“
„Sie haben also erfahren, dass Ihr Ex-Mann wieder geheiratet hat. Wie haben Sie diese Nachricht aufgenommen? Was haben Sie dabei empfunden? Waren Sie eventuell eifersüchtig?“, fragte der Polizist weiter nach.
„Seit unserer Scheidung ist viel Zeit vergangen. Ich lebe seit dem mein Leben und habe keine Gefühle mehr für meinen Ex-Mann. Ich gebe zu, dass die Scheidung schon für mich nicht einfach war, aber ich habe eine Therapie gemacht und damit abgeschlossen.“, antwortete Tina und versuchte dabei, bewusst ruhig zu bleiben.
„Wenn Sie also seine neue Frau aus dem Fitnessstudio kannten, dann besteht doch die Möglichkeit, dass Sie auch von ihrer schweren Erdnussallergie wussten?“, hackte der Polizist nach.
„Nein, ich habe erst nach ihrem tragischen Tod

erfahren, dass sie an einem anaphylaktischen Schock starb. Vorher hat Petra es in meiner Anwesenheit jedenfalls nie erwähnt. Warum auch. Wir haben uns zwar gut verstanden, aber wir waren nicht eng befreundet oder so. Privat, also außerhalb vom Fitnessstudio, haben wir uns nie getroffen. Oder vielleicht höchstens ein mal in dem Café gegenüber, aber da waren auch die anderen Damen mit dabei", sprach Tina souverän weiter.
„Okay, Sie haben also nichts von ihrer Allergie gewusst. Dann habe ich eine weitere Frage an Sie. Wissen Sie vielleicht zufällig welches Auto Ihr Ex-Mann zur Zeit besitzt? Ist es immer noch das Auto, das er in Ihrer Ehe besaß?", fragte der Kripobeamte und guckte dabei direkt in Tinas Gesicht. Jetzt spürte Tina auf einmal ein Unbehagen, weil sie nicht verstand, in welche Richtung diese Frage eigentlich führen sollte. Ich muss Ruhe bewahren, dachte sie in diesem Moment. Zeig bloß keine Emotionen.
„Wie schon gesagt, ich und Paul sind seit längerer Zeit geschieden und haben seit dem keinen Kontakt mehr. Woher sollte ich dann wissen, welches Auto er fährt. Das hat mich auch nicht interessiert. Kurz vor unserer Trennung baute Paul mit seinem damaligen Auto einen Unfall. Es hatte einen Totalschaden. Er musste sich so oder so wohl ein anderes Auto

besorgen. Welches es wurde, weiß ich wie gesagt nicht. Wieso fragen Sie mich das?“, erklärte Tina, ohne dabei nur annähernd unsicher zu wirken.
„Das kann ich Ihnen sagen. Wir haben bei der Durchsuchung seines Autos einige Haare festgestellt, die weder von Ihrem Ex-Mann, was schon der Länge nach nicht sein kann, noch seiner verstorben Frau gehören. Das ergab bereits die DNA Analyse. Sowohl die Farbe als auch die Länge scheinen mir verblüffend ähnlich den Ihren zu sein. Selbstverständlich werden wir das labortechnisch nachweisen müssen. Aber wollen Sie mir eventuell doch was dazu sagen? Zumal wir mit Sicherheit wissen, dass Ihr Ex-Mann sein jetziges Auto einige Zeit nach Ihrer Scheidung kaufte. Wenn Sie, wie Sie behauten, ihn seit dem nicht mehr trafen, dann wäre es doch sehr merkwürdig, falls wir feststellen sollten, dass diese Haare von Ihnen stammen. “, dabei blickte der Polizist Tina immer noch sehr durch dringlich an. Daran dachte sie tatsächlich nicht. Diese Möglichkeit hat sie bei ihren Überlegungen einfach übersehen. Sie war sich bis zu diesem Zeitpunkt absolut sicher, dass sie an alles gedacht hätte und eigentlich nichts schiefgehen könnte. Jetzt saß sie da und überlegte krampfhaft, wie sie es erklären sollte, doch diese Pause war

leider lang genug, um nicht aufzufallen. Der Gesichtsausdruck des Kripobeamten sprach Tausend Bände. Ihm schien Tina nichts mehr vor zu machen. Man wird zwar eine Haaranalyse durchführen müssen, aber das Ergebnis stand möglicherweise bereits schon fest.
„Ich weiß nicht, was das für Haare sein sollen. Viele Frauen haben ähnliche Haarfarbe und Länge, wie bei mir. Das müssen Sie schon Paul fragen, mit wem er sonst in seinem Auto gefahren ist.". Tina wollte einfach nicht aufgeben.
„Sie behaupten also weiterhin, sich nicht mit Ihrem Ex-Mann am besagten Abend in seinem Auto getroffen zu haben?", diesmal hörte man eine gewisse Verärgerung in der Stimme des Polizisten.
„Nein, das habe ich nicht.", bestand Tina immer noch darauf.
„Wie Sie meinen. Da die Ergebnisse der Haaranalyse noch ausstehen, darf ich Sie selbstverständlich im Moment nicht verdächtigen, mit dem Tod von Frau Winter etwas zu tun zu haben. Vorausgesetzt natürlich, Sie sagen mir die Wahrheit", seine Stimme klang unnachgiebig.
„Ja, das habe ich.", antwortete Tina.

Nachdem bei ihr ein Paar Haare zur Analyse

entnommen wurden, durfte sie endlich die Wache verlassen. Dass es ihre Haare wären, konnte sie natürlich nicht ausschließen. An dem Abend trug Tina ihre Haare offen und hatte weder eine Mütze noch eine Kapuze an. Es war zwar zu dem Zeitpunkt recht kalt, aber sie wollte ihre Frisur nicht kaputt machen, um für Paul gut auszusehen. Die Wahrscheinlichkeit, dass diese Haare von ihr stammen, war also leider sehr hoch. Was sage ich dann? Wie kamen meine Haare in sein Auto, das er früher nicht hatte. Jetzt brauche ich einen Plan B und es muss immer noch plausibel klingen. Paul darf auf gar keinen Fall unschuldig aus der Geschichte herauskommen, ging durch Tinas Kopf.

Wie erwartet, stellte man im Labor fest, dass es Tinas Haare waren. Nun konnte sie nicht mehr die Tatsache leugnen, dass sie zumindest schon einmal in seinem jetzigen Auto gesessen hätte. Diesmal wurde sie nicht nur zur nächsten Vernehmung eingeladen. Nein. Diesmal bestand auch eine reale Möglichkeit, dass sie ebenfalls verdächtigt werden würde, etwas mit dem Tod von Pauls Ehefrau zu tun zu haben. Jedoch gab Tina noch lange nicht auf.
„Guten Tag,“, sie saß wieder mal dem ermittelnden Kripobeamten gegenüber.

„Tja, es sind doch Ihre Haare, die wir in Herrn Winters Auto festgestellt haben. Sie saßen schon mal in diesem Auto. Jetzt will ich wissen wann und warum. Vor allem, weil Sie es bis jetzt so vehement geleugnet haben. Und bitte, ab sofort will ich nur die Wahrheit hören.“, begann er diesmal die Vernehmung.
„Bitte glauben Sie mir, ich habe wirklich nichts damit zu tun.“, Tinas Stimme klang beinahe weinerlich. Ihre vorherige Souveränität verschwand scheinbar.
„Es ist anders als Sie denken.“
„Wie anders?“, fragte sie der Polizist.
„Ich, also ich und Paul, na ja wir haben uns heimlich ein paar mal in seinem Auto getroffen.
Zunächst aber nur zum Reden. Wir haben festgestellt, dass wir doch noch sehr viel füreinander empfinden. Da er aber bereits verheiratet war, musste er natürlich erst mal aufpassen. Wir wussten nicht, wie es weiter gehen soll. Deswegen wollten wir nichts überstürzen. Außerdem besaß er bereits eine gemeinsame Firma mit seiner neuen Frau. Es war alles nicht mehr so einfach.“, Tinas Stimme und ihr Gesichtsausdruck in dem Moment verdienten fast einen Oskar. Sie musste aber auch gleichzeitig aufpassen, dass sie nicht zu sehr mit ihrer

schauspielerischen Leistung übertreibt. Es sollte alles möglichst natürlich aussehen.
„Sie behaupten also, dass Sie seit kurzem ein Verhältnis mit Ihrem Ex-Mann hätten? Seit wann treffen Sie und Herr Winter sich wieder?“, man hörte aber deutlich eine gewisse Skepsis in der Stimme des Kripobeamten.
„Nicht lange. Ich bin einmal zufällig an seiner Wohnung vorbei gefahren. Da hat er mich gesehen. Ich habe kurz angehalten und wir haben uns einfach so ein bisschen unterhalten. Wir haben uns wie schon gesagt, lange vorher nicht gesehen und er wollte nur wissen, wie es mir denn so ginge. Es war ein nettes kurzes Gespräch. Mehr nicht. Aber ich muss gestehen, ich habe mich schon sehr gefreut, ihn wieder zu sehen. Dann bin ich ein paar mal abends nochmal wie zufällig an seinem Haus vorbei gefahren. Ich musste natürlich aufpassen, dass Petra mich nicht sieht. Und einmal hat es geklappt und wir haben uns wieder getroffen. Ich hatte das Gefühl, dass Paul mich gerne wiedergesehen hätte. Also schlug er vor, dass wir uns etwas länger, aber woanders und in seinem Auto treffen und unterhalten sollten. Ich wollte es natürlich auch und so kam es, dass wir uns ein Paar Tage später auf dem Parkplatz vor dem Stadtgarten trafen. In seinem

Auto. Aber wie ich schon sagte, nur zum Reden.“, erzählte Tina weiter.
„Haben Sie sich dann auch am Abend vor Frau Winters Tod getroffen? Wenn ja, wo und wann genau?“, fragte der Kripobeamte.
„Ja, wir haben uns an dem Abend getroffen. Auf dem selben Parkplatz wie schon zuvor. Paul war besonders nett zu mir und ich hatte das Gefühl, dass er diesmal mehr wollte, als nur reden. Ich wollte es ehrlicherweise auch, aber nicht im Auto oder so. Wir haben uns dann bei mir, na ja, eigentlich bei uns zuhause verabredet. Paul wollte, sobald es bei ihm klappen sollte, vorbei kommen. Ich sagte ihm, ich bin sowieso jeden Abend allein zuhause, er könne kommen, wann er wolle.“, erzähle Tina weiter.
„Haben Sie ihm an diesem Abend auch die Pralinen mitgebracht, die seine Frau am nächsten Tag gegessen hat?“, fuhr der Polizist fort.
„Nein, ich habe ihm nichts mitgebracht. Ich habe aber zufällig auf seinem Rücksitz eine Pralinenschachtel gesehen. Das war es auch schon. Mehr kann ich dazu nicht sagen.“, zugegebenermaßen hörte es sich recht glaubhaft an.
„Wissen Sie noch, um welche Pralinen es sich handelte?“, fragte sie der Polizist.
„Es war ziemlich dunkel.“, antwortete Tina.

Dann zeigte er ihr ein Foto von den Pralinen, um die es ging. Selbstverständlich wusste Tina, um welche Pralinen es sich handeln würde, sie guckte aber betont lange hin, als wollte sie zeigen, dass sie Zeit brauche, um sich genau zu erinnern.
„Ja, ich glaube, das waren sie.“, sagte Tina langsam, um ihre gespielte Unsicherheit nochmal vorzutäuschen.
„Dann fassen wir es jetzt zusammen: Sie und Herr Winter haben sich ein paar Mal in seinem Auto auf dem Parkplatz vor dem Stadtgarten getroffen. Dabei sollte es nicht bleiben und Sie haben sich bei Ihnen zuhause verabredet. Das letzte Treffen zwischen Ihnen beiden fand an dem Abend vor dem Tod von Frau Winter statt. Am nächsten Tag stirbt sie an einem anaphylaktischen Schock aufgrund ihrer Erdnussallergie, nach dem sie die besagten Pralinen gegessen hat, die laut Ihrer Aussage auf dem Rücksitz von Herrn Winters Auto lagen. Jedoch sollten diese laut Zutatenliste keine Spuren von Erdnüssen enthalten, auf die Frau Winter hoch allergisch war. Sie behauten nach wie vor, dass sie mit diesen Pralinen nichts zu tun hätten. Sie hätten diese lediglich zufällig auf dem Rücksitz seines Autos gesehen. Ist es richtig so?“, fragte der Kripobeamte Tina.

„Ja, das ist richtig.“, antwortete sie.
„Sie bleiben also bei Ihrer Aussage?“
„Natürlich bleibe ich bei meiner Aussage.“, Tinas Stimme klang ziemlich trotzig.
„Dann habe ich im Moment keine weiteren Fragen an Sie. Falls sich das aber ändern sollte, werden Sie wieder vorgeladen. Auf Wiedersehen.“ Tina durfte gehen. Die Vernehmung wurde beendet.

Als sie diesmal die Wache verließ, zitterte Tina zwar innerlich etwas mehr als vorher, weil sie ihren Plan unerwartet ändern musste, aber sie war gleichzeitig durchaus zufrieden mit sich. Tina fand ihre letzte Aussage sehr glaubwürdig und schlüssig. Was kann denn noch schief gehen? Dass sie sich mit ihrem Ex-Mann wieder treffen würde, wäre doch nichts ungewöhnliches. So kamen auch ihre Haare in sein Auto. Klugerweise trug sie bei ihrem Treffen Handschuhe. Also keine Fingerabdrücke von ihr an den Pralinen. Außerdem würde die Tatsache, dass Paul möglicherweise fremdgehe, den Verdacht, dass er seine Frau beseitigen wollte, noch mehr erhärten. Eigentlich gefällt mir mein Plan B jetzt sogar noch mehr als Plan A, dachte Tina und lächelte triumphierend in sich hinein.

Pauls Rechtsanwalt wurde von der Kripo über die Aussagen von Tina informiert. Auch für ihn klang ihre Aussage durchaus glaubhaft. Wer von beiden jetzt die Wahrheit sagt, und wer lügt, wurde für ihn ab diesem Zeitpunkt nicht mehr klar nachvollziehbar. Er erlebte zwar Petra und Paul als scheinbar ein glückliches Paar, aber aus seiner beruflichen Erfahrung wusste er, dass der Schein oft trügen kann. Die Summe aus der Lebensversicherung, die dem Paul jetzt rechtlich zusteht, ist doch recht ansehnlich, und die Tatsache, dass er laut seiner Ex-Frau, ein Interesse an ihrem Wiedersehen gezeigt habe, sprechen leider deutlich gegen Paul. Die Ermittlungen müssen auf jeden Fall in alle möglichen Richtungen gehen. So wie es im Moment jedenfalls aussieht, kann man von Pauls Unschuld nicht mehr automatisch ausgehen. Diese Gedanken gingen seinem Rechtsanwalt durch den Kopf, als er das nächste Treffen mit Paul vereinbarte.

„Herr Winter, leider hat Ihre Ex-Frau bei ihrer letzten Vernehmung Sie deutlich belastet.“, begann er das nächste Gespräch.

„Jetzt gibt sie zwar zu, dass Sie beide sich getroffen haben, aber nicht, um einfach die Fotos zurückzugeben, sondern, weil Sie und Ihre Ex-Frau

ein Verhältnis miteinander hätten. Noch wäre nicht viel passiert, aber Sie wollten angeblich Ihre Ex-Frau bei ihr zuhause besuchen. Was sagen Sie jetzt dazu?“, fragte sein Rechtsanwalt. Paul schien von dieser Nachricht beinahe
erschlagen zu sein. Er konnte einfach nicht glauben, was er da hörte. Er wurde für einige Sekunden sprachlos.
„Was? Was erzählt sie da?“, fragte er, als wieder in der Lage war, einen halbwegs klaren Gedanken zu fassen.
„Niemals wollte ich je wieder was von dieser Frau wissen. Ich habe klar und deutlich damals meine Beziehung zu ihr beendet und die Scheidung eingereicht. Sie hat versucht, aus mir einen Clown zu machen. Sie nutzte meinen damaligen Gesundheitszustand aus, um aus mir ihren Traummann zusammen zu basteln. Als es ihr doch nicht gelungen ist, konnte sie das nicht akzeptieren und versuchte, mich noch einige Zeit zu verfolgen und zurück zu gewinnen. Mein Vertrauen wurde aber für immer zerstört. Es gab kein Zurück mehr für mich.“, sprach Paul weiter und ballte dabei vor lauter Wut seine Hände zu Fäusten. So fest, dass die Blutadern seiner Arme anschwollen.
„Moment mal, das müssen Sie mir bitte jetzt genau

erklären. Was passierte zwischen Ihnen beiden? Warum soll sie ihren Gesundheitszustand ausgenutzt haben? Und warum wurde es bei Ihrer Scheidung nicht erwähnt?“ Das Gesicht des Rechtsanwalts wurde ernster. Auf seiner Stirn erschienen ein paar tiefe Falten.

„Als wir noch verheiratet waren, verunglückte ich Zuhause. Ich bin in unserem damaligen Schlafzimmer von einer Leiter gestürzt, so, dass ich dabei aufgrund einer schweren Gehirnerschütterung mein Gedächtnis verlor. Die Ärzte haben zwar behauptet, dass es eventuell nicht für immer sei, aber sie gaben mir gleichzeitig wenig Hoffnung. Das Problem dabei war, dass es zu dieser Zeit in unserer Ehe kriselte und wir wahrscheinlich schon kurz vor einer Trennung standen. Dann kam Tina auf ihre bescheuerte Idee. Sie hat mich, nach dem ich aus dem Krankenhaus nach Hause entlassen wurde, so manipuliert, als wollte sie einen perfekten Mann für sich erschaffen. Da ich mich zunächst mal an nichts erinnern konnte, habe ich ihr alles, was sie mir erzählt hat, abgenommen. Ich habe ihr vertraut. Ich litt recht lange Zeit unter meinem Gedächtnisverlust, und so glaubte sie wahrscheinlich, fast an ihrem Ziel angekommen zu sein. Jedoch kam mein Gedächtnis glücklicherweise später doch nach und nach zurück.

Übrigens diesmal auch nach einem Unfall. So brach ihre Traumwelt dann langsam ein, weil ich ihre Manipulation erkannt habe. Das führte schließlich doch zu unserer Trennung. Ich denke, sie hat es bis heute immer noch nicht verkraftet. Deswegen versucht sie sich, auf diese Art und Weise an mir zu rächen. Anders kann ich es mir nicht erklären."

„Einerseits klingt Ihre Geschichte recht ungewöhnlich. Andererseits könnte man eventuell das Verhalten Ihrer Ex-Frau damit begründen. Leider sehe ich da aber ein Problem. Für Ihre Geschichte gibt es keine Zeugen. Es steht wieder Aussage gegen Aussage. Niemand außer Ihnen beiden weiß, was letztendlich in Ihrer Ehe passierte. Natürlich werde ich diese neue Information zu Ihrer Verteidigung nutzen. Ich kann Ihnen aber nicht versprechen, dass die Richter es Ihnen so ohne weiteres abnehmen würden. Es klingt doch recht außergewöhnlich." Die Meinung des Rechtsanwaltes hörte sich leider logisch an und machte dadurch Pauls Situation nicht besser. Diese schien von Tag zu Tag, immer düsterer zu werden. Jegliche Argumente, die er vorbringen konnte, waren auf Grund mangelnder Beweise nicht stichhaltig genug. Die Möglichkeit, dass er mit seiner Ex-Frau fremdgegangen sei oder dies wollen würde, könnte für die Richter viel glaubhafter

erscheinen, als die, dass Tina ihn während seiner Amnesie manipuliert haben sollte. Jetzt fühlte Paul sich fast schon hilflos.
„Ich bin unschuldig. Ich habe mit dem Tod meiner Frau nichts zu tun. Ich sage nur die Wahrheit. Was kann ich denn noch tun?“, Paul klang sehr verzweifelt.
„Es gibt da etwas, was uns womöglich weiterbringen würde. Die Kripo hat festgestellt, dass Ihre Ex-Frau und Ihre Frau zusammen in einem Fitnesskurs trainiert haben. Sie kannten sich also.“
„Wie bitte? Ich habe es nicht gewusst. Die kannten sich? Na dann ist es doch absolut möglich, dass Tina etwas von der Allergie meiner Frau wusste. Das ist es doch!“ Paul spürte in dieser Sekunde einen Hoffnungsschimmer. Was ist, wenn Tina es wirklich wusste? Dann hätte sie die Pralinen tatsächlich dementsprechend präparieren und sie mir dann in diesem Zustand schenken können.
„Nicht so euphorisch Herr Winter. Bei der Polizei hat sie es natürlich abgestritten. Sie behauptete, lange Zeit nicht gewusst zu haben, dass Petra Ihre neue Frau sei. Sie hätte es erst nach Ihrer Hochzeit erfahren, da Ihre Frau ihr einige Hochzeitsfotos gezeigt hätte. Von der Allergie Ihrer Ehefrau will sie ebenfalls nichts gewusst haben, da die beiden sich

angeblich nur oberflächlich aus dem Fitnessstudio gekannt haben sollten und sie könne sich nicht erinnern, dass Ihre Frau etwas ähnliches erwähnt hätte."

„Aber was ist, wenn? Dann würde es doch passen? Sie erfährt, dass ich eine neue Frau an meiner Seite habe, schlimmer noch, sie lernt Petra zufällig im Fitnessstudio kennen, kann es nicht verkraften und versucht, mir das Leben kaputt zu machen, indem sie mir Pralinen schenkt, die Spuren von Erdnüssen enthalten. Vielleicht hoffte sie, dass Petra ebenfalls von diesen Pralinen isst."

„Wie gesagt Herr Winter, Sie müssen sich jetzt etwas beruhigen. Das wäre natürlich möglich, aber wir müssen es beweisen können. Sonst nützt es Ihnen nichts. Auf den Pralinen fand man leider keine Fingerabdrücke Ihrer Ex-Frau. Wir müssen weiter recherchieren. Aber gut, ich werde das, was Sie mir heute erzählt haben, an die Kripo weitergeben. Über weitere Ermittlungen informiere ich Sie dann dementsprechend. Bis zum nächsten Mal. Auf Wiedersehen." Das Gespräch war am Ende.

Als Paul diesmal in seine Zelle zurück kehrte, fühlte er sich nicht mehr so hoffnungslos, wie vorher. Es kann alles kein Zufall sein, dass Petra und Tina sich

kannten, dachte er nach. Tina ist sehr schlau und es wäre durchaus möglich, dass sie alle an der Nase herum führt. Wenn man nur beweisen könnte, dass sie von Petras Allergie wusste, dann würde das ganze eine komplett neue Wendung nehmen. Paul zweifelte nicht mehr daran, dass Tina etwas mit dem Tod seiner Frau zu tun hatte. Die wichtigste Frage war aber, wie kann man es ihr nachweisen? Wie könnte man sie dazu bringen, die Wahrheit zu sagen? Mittlerweile stand der erste Termin für die gerichtliche Verhandlung fest.
Tina wurde dazu als Hauptbelastungszeugin geladen. Thomas, der Kollege von Paul und Petra, der zur Zeit ihres anaphylaktischen Schocks ebenfalls anwesend war, wurde bereits vorher von der Kripo befragt und konnte keine besonderen Hinweise zum Tathergang liefern. Für ihn sah alles danach aus, als hätte Paul alles getan, was man in so einer Situation hätte tun können. Mehr konnte er dazu nicht sagen.

Nachdem Tina die gerichtliche Vorladung bekam, empfand sie wiedereinmal eine freudige Genugtuung, und keine Spur vom schlechten Gewissen. Tja Paul, das geschieht dir recht, das hast du verdient, dachte sie nur. Für Tina war diese Nachricht ein guter Grund, einmal mehr zum

Alkohol zu greifen. Obwohl sie in letzter Zeit keine besonderen Gründe fürs Trinken brauchte. Es wurde zu einem festen Ritual in ihrem Leben. Sie schenkte sich ein Glas Rotwein ein, setzte sich auf ihre Couch im Wohnzimmer und trank ihn langsam, schlückchenweise und genüsslich aus. Die Wirkung, die sie sich davon erhoffte, trat aber nicht ein. Anscheinend war sie innerlich doch zu gestresst und angespannt, so dass der Wein sie einfach nicht beruhigte. Tina schenkte sich ein zweites Glas ein. Langsam spürte sie eine leichte Benebelung, die ihr zunächst scheinbar gut tat. Doch je weiter sie in diesem Zustand verweilte, desto mehr und mehr fühlte sie eine innere Trostlosigkeit. Wo war denn das Gefühl der Genugtuung jetzt? Sie spürte wieder eine unglaubliche Sehnsucht nach Paul, die aber trotzdem nach wie vor mit Wut und Hass gepaart war. Sie trank noch ein drittes Glas, um möglichst schnell einzuschlafen und an nichts mehr denken zu können.

Die Tatsache, dass Tina Petra vorher kannte, ließ Paul keine Zweifel daran, dass sie an dem Tod von Petra schuld sei. Man müsse es ihr nur nachweisen können, dachte Paul. Er fühlte sich nicht hoffnungslos vor der Verhandlung. Paul war sicher, wenn man Tina die richtigen Fragen stellen würde, würde sie sich mit Sicherheit in Widersprüche verstricken. In der Nacht vor der Verhandlung schlief Paul nur kurz und auch dann ziemlich unruhig. Als er am nächsten Morgen aufwachte, fühlte er eine große Schwere in seinem Kopf. Es gelang ihm jedoch, sich gedanklich und emotional so weit zu sammeln, dass er äußerlich sehr stabil zu sein schien, als er vom Justizvollzugbeamten zur Fahrt ins Gericht abgeholt wurde. Als er den Gerichtssaal betrat, merkte Paul, wie seine Knie begannen zu zittern. Auch seine Atmung wurde flacher. Reiß dich zusammen, wiederholte er in seinen Gedanken mehrmals. Paul musste sich auf den Platz, der für den Beschuldigen vorgesehen war, setzen. Zwei Beamten setzten sich hinter ihm hin. Für Paul dauerte es eine gefühlte Ewigkeit, bis nach und nach zwei Richter, nach ihnen zwei Schöffen und eine Protokollführerin erschienen und ebenfalls ihre Plätze einnahmen. Der Richter, der sich in die Mitte setzte, war wesentlich älter als sein Kollege neben ihm. Er schien, der vorsitzende Richter zu sein. Einige Minuten später betraten zunächst mal ein etwa fünfundvierzigjähriger Staatsanwalt und dicht hinter ihm Pauls Rechtsanwalt den Saal. Als alle ihre jeweiligen Plätze einnahmen, wurde die Tür

geschlossen.
Nun begann die Verhandlung. Der vorsitzende Richter führte das übliche Prozedere durch, indem er überprüfte, ob alle Prozessbeteiligten anwesend wären. Als er den Namen von Tina als Hauptzeugin erwähnte, zuckte Paul innerlich zusammen. Dann kam das, was ihn noch mehr erschaudern ließ, nämlich die Anklage, die der Staatsanwalt, der im Gerichtssaal dem Paul gegenüber saß, vorlas. Bis dahin wurde es von keinem so direkt ausgesprochen. Paul wurde beschuldigt, den Tod seiner Ehefrau aufgrund eines anaphylaktischen Schocks absichtlich herbeigeführt zu haben. Nach dem die Anklage vorgelesen wurde, guckte er nervös seinen Rechtsanwalt an, der neben ihm saß. Dieser berührte ihn aber nur kurz an seinem Arm, um zu zeigen, dass Paul Ruhe bewahren sollte.
„Da Sie, Herr Winter, jetzt gehört haben, was Ihnen vorgeworfen wird, haben Sie nach dem Gesetz die Möglichkeit, sich zur Anklage zu äußern, oder zu schweigen. Was werden Sie tun?“, fragte der vorsitzende Richter und guckte dabei Paul direkt an. Dieser schaute erneut seinen Rechtsanwalt an, welcher mit seinem Kopf nickte.
„Mein Mandant wird sich dazu äußern“, antwortete Pauls Rechtsanwalt.

„Ja, ich will aussagen." Pauls Stimme klang ungewöhnlich heiser, mindestens einen Ton tiefer als üblich.
„Haben Sie den anaphylaktischen Schock Ihrer Frau absichtlich herbeigeführt?", fragte diesmal der Staatsanwalt.
„Ich kann nur eins sagen, ich bin unschuldig. Ich wollte meiner Frau nichts antun. Ich habe sie geliebt. Als ich bemerkte, dass sie anscheinend einen allergischen Schock entwickeln würde, habe ich alles mögliche getan, was man in dieser Situation hätte tun können. Ich habe nach meinem besten Wissen und Gewissen erste Hilfe geleistet. Jedenfalls so, wie ich es vorher gelernt habe, weil ich wusste, dass meine Frau schwer allergisch auf Erdnüsse war, und zu diesem Zweck immer ein Notfallset bei sich hatte.", sagte Paul und war dabei selbst davon überrascht, wie sachlich und äußerlich ruhig er klang. Sein Kampfgeist ließ ihn nicht im Stich.
„Es geht aber nicht darum, ob Sie erste Hilfe geleistet hätten oder nicht. Das ist nicht die Kernfrage dieser Anklage. Es geht darum, wie es zum anaphylaktischen Schock ihrer Frau kam?", fragte der Staatsanwalt weiter.
„Die Ermittlungen ergaben, dass die Pralinen, die sie

von Ihnen bekam und aß, Spuren von Erdnüssen enthielten, die nicht dem Inhalt der Pralinen entsprachen. Diese wurden nachträglich dort angebracht, und zwar in der Menge, die sehr gering war, jedoch ausreichte, um bei einem schwer allergischen Menschen den eben genannten allergischen Schock auszulösen. Es geht darum, dass die besagten Pralinen absichtlich mit Erdnüssen kontaminiert wurden, und Sie derjenige sind, von dem ihre Frau diese Pralinen bekam. Stimmt es? Außerdem hätten Sie als einziger ein Motiv und Interesse an dem Tod Ihrer Frau, da Sie eine nicht unerhebliche Summe im Falle des Todes Ihrer Frau aus ihrer Lebensversicherung bekommen hätten. Sie haben sich beidseitig versichern lassen, da Sie zusammen mit Ihrer Frau vor nicht allzu langer Zeit ein Unternehmen gegründet haben. Da Ihre Frau eines dem Anschein nach natürlichen Todes starb, wäre die Auszahlung der Versicherungssumme Ihnen sicher. Also frage ich Sie Herr Winter: „Haben Sie absichtlich die Erdnüsse den Pralinen beigefügt?“. Die Stimme des Staatsanwaltes klang sehr ernst.
„Nein! Das habe ich nicht, ich sagte doch, dass ich meine Frau geliebt habe. Ihr Tod ist für mich kaum zu verkraften. Es ist ein einziger Alptraum für mich. Ich weiß aber, wer es getan hat und warum. Fragen

Sie doch gleich meine Ex-Frau, was sie wohl dazu sagt?“, diesmal fiel es dem Paul schon viel schwerer, sich zu beherrschen, sein Gesicht wurde rot, und die Stimme lauter.
„Sie hat es getan, sie hat mir diese verdammten Pralinen bei unserem einzigen Treffen seit
unserer Scheidung geschenkt. Jedenfalls sollte es ein Geschenk gewesen sein. Sie hat mit Sicherheit Erdnüsse dazu gegeben. Aber woher hätte ich es wissen können? Ich konnte doch nicht ahnen, dass sie meine neue Frau bereits kannte. Ich bin sicher, sie wusste bestimmt auch von ihrer Allergie. Sie hat anscheinend unsere Trennung und Scheidung doch nicht verkraftet und konnte mir mein neues Glück nicht gönnen. Sie hatte ein Motiv dazu.“ Nachdem Paul seinen letzten Satz beendet hatte, entstand eine kurze Pause.
„Ihre Ex-Frau ist als Zeugin vorgeladen und wird gleich aussagen.“, verkündete der Richter. Er sah in Richtung der Beamten, die hinter Paul saßen und bat einen davon, Frau Tina Seifert in den Zeugenstand zu rufen.
Dieser stand auf, ging zur Tür, öffnete sie und rief nach Tina. Sie betrat langsam den Raum. Tina schaute sich etwas verunsichert um. Der Richter zeigte ihr mit seiner Hand, wo sie sich als Zeugin

hinzusetzen habe. Tina nahm dort ihren Platz ein.
„Sie sind Frau Tina Seifert, Ex-Frau von Herrn Winter, richtig?“, fragte sie der Richter.
„Richtig.“, antwortete Tina. Ihre Stimme klang leise.
„Bitte, sprechen Sie etwas lauter. Wissen Sie, worum es geht und wieso Sie heute vorgeladen wurden?“, sprach der Richter weiter.
„Ja.“, sagte Tina. Diesmal zwang sie sich, ein wenig lauter zu sprechen.
„Herr Winter wird verdächtigt, den Tod seiner Ehefrau, Frau Petra Winter, der durch einen anaphylaktischen Schock erfolgte, absichtlich herbeigeführt zu haben. Dieser geschah, indem Frau Winter Pralinen aß, die Spuren von Erdnüssen enthalten haben. Da sie schwer allergisch auf die Erdnüsse war, erlitt sie infolgedessen einen allergischen Schock, der letztendlich zu ihrem Tode führte. Diese Pralinen enthielten aber laut Zutatenliste keine Erdnüsse. Nach der labortechnischen Untersuchung im Zuge der entsprechenden Ermittlungen wurde jedoch festgestellt, dass die besagten Pralinen kleine Spuren von Erdnüssen aufwiesen, die trotzdem ausreichten, um bei Frau Winter einen allergischen Schock auszulösen. Laut Hersteller wäre die Möglichkeit, dass diese Pralinen bereits ab Werk mit Erdnüssen

kontaminiert wären, sehr unwahrscheinlich, weil die Süßwaren, die Erdnüsse enthalten, an einer anderen Stelle im Werk produziert werden würden. Damit will man von vorne herein ausschließen, dass Allergie auslösende Inhaltsstoffe mit anderen Waren in Kontakt kommen, die explizit diese nicht enthalten sollten. Natürlich kann man solche Möglichkeit nicht generell ausschließen. Deswegen wurden auch andere Pralinen vom selben Hersteller und der selben Warengruppe stichprobenartig überprüft. Das Ergebnis war, dass man nirgendwo sonst Spuren von Erdnüssen entdecken konnte. Herr Winter war derjenige, von dem seine Ehefrau diese Pralinen bekam. Somit gehen wir im Moment davon aus, dass Herr Winter als einziger in Frage kommt, der diese Pralinen manipuliert haben könnte. Aber jetzt kommen wir langsam zu Ihnen Frau Seifert, und zu dem Grund, warum wir Sie heute vorgeladen haben.“, dies alles führte schon der Staatsanwalt aus.
„Herr Winter behauptet, dass am Abend vorher, bevor seine Frau starb, er und Sie sich in seinem Auto auf einem Parkplatz getroffen hätten, weil Sie ihm angeblich irgendwelche alte Fotos hätten zurückgeben wollen. Dabei sollen Sie ihm die besagten Pralinen geschenkt haben. Diese blieben auf dem Rücksitz seines Autos liegen, wo seine Frau

sie am nächsten Tag entdeckt und zwei davon etwas später im Büro der beiden gegessen habe. Daraufhin erlitt sie, wie wir es alle jetzt wissen, einen allergischen Schock, der zu ihrem Tode führte. Frau Seifert, Sie wurden bereits polizeilich dazu vernommen. Dabei bestritten Sie zunächst, dass Sie sich mit Herrn Winter an dem besagten Abend in seinem Auto getroffen hätten. Später jedoch, als man Haare, die Ihnen gehören, in seinem Auto fand, gaben Sie es doch zu. Dann behaupteten Sie ihrerseits, dass Sie ein Verhältnis mit Ihrem Ex-Mann hätten, jedenfalls soll er ein großes Interesse daran gezeigt haben, was Sie auch nicht abgelehnt hätten. Mit den Pralinen wollen Sie aber nach wie vor nichts zu tun haben. Diese hätten Sie lediglich auf dem Rücksitz seines Autos gesehen. Stimmt es Frau Seifert?", fragte der Staatsanwalt Tina.
„Ja, es stimmt alles, was Sie gesagt haben.", jetzt klang die Stimme von Tina deutlich lauter und selbstbewusster. Sie hob dabei sogar etwas ihren Kopf an, um überzeugender zu wirken.
„Wir haben zwar an dem Abend nur miteinander geredet, aber ich hatte das Gefühl, dass zwischen uns mehr wäre, als nur ein nettes Wiedersehen. Paul hat es mir als erster vorgeschlagen, sich in seinem Auto zu treffen, als wir uns ein paar Mal zufällig seit

langer Zeit wieder gesehen haben. Ich bin anscheinend jedes mal beim Einkaufen an seiner neuen Wohnung vorbeigefahren, ohne es zu wissen. Bis wir uns schließlich doch wie gesagt, zufällig trafen. Wir haben uns beim ersten Mal recht nett miteinander unterhalten. Beim nächsten Mal schlug er bereits vor, uns woanders in seinem Auto zu treffen. Ich muss gestehen, ich wollte es auch, und so kam es dazu."
Man muss schon sagen, keine Schauspielerin hätte es besser machen können, als Tina in diesem Moment. Als sie ihre Aussage beendete, wurde sie sogar leicht rot und senkte ihren Kopf wieder.
„Du lügst, alles, was du gerade gesagt hast, ist gelogen!", schrie Paul auf einmal auf. Diesmal ließen ihn seine Nerven im Stich. Er sprang dabei sogar kurz auf, jedoch wurde er im selben Moment von den beiden Beamten, die hinter ihm saßen, fest gepackt und zurück auf seinen Stuhl gesetzt. Vorsichtshalber blieben sie neben ihm stehen.
„Sie sollen sich auf der Stelle beruhigen. Anderenfalls werden wir die Verhandlung sofort beenden und verschieben.", ermahnte der Richter Paul. Dann wendete er sich an seinen Rechtsanwalt.
„Wollen Sie das jetzt mit Ihrem Mandanten besprechen? Sollen wir fortfahren?", frage er ihn.

Pauls Rechtsanwalt, der selbst nicht mit dieser Reaktion von ihm rechnete, drehte sich zu Paul und fragte, ob dieser denn in der Lage wäre, weiter an der Verhandlung teil zu nehmen. Paul atmete noch schwer, wartete einen Moment und bejahte es. Auf eine weitere Verhandlung hatte er weder Lust noch Kraft.

„Dann lassen Sie die Zeugin ihre Aussage machen. Sie dürfen erst dann etwas sagen, wenn Sie wieder gefragt werden. Können wir jetzt fortfahren?“, die Stimme des Richters klang bestimmend und verärgert.

„Ja.“, antwortete Paul.

Dann bat der Richter den Staatsanwalt, weiter zu sprechen.

„Frau Seifert, Sie behaupten also, dass Sie ein Verhältnis oder sagen wir mal ein beginnendes Verhältnis mit Herrn Winter hätten?“.

„Es gab zwar nur wenige Treffen, aber ich habe bereits dem Kripobeamten erzählt, dass Paul mich später in meinem Haus, eigentlich unserem ehemaligen Haus, besuchen wollte. Er konnte mir aber noch nicht sagen, wann, denn in seiner jetzigen Situation musste er natürlich aufpassen.“ Während der ganzen Zeit, als Tina sprach, guckte sie kein einziges mal Richtung Paul. Sie vermied es bewusst,

um für keine einzige Sekunde die Fassung zu verlieren und von ihrer gespielten Rolle abzukommen. Tina musste so authentisch, wie möglich erscheinen, denn jetzt ging es entweder um alles oder nichts. Entweder wird ihr seitens des Gerichts geglaubt, oder man würde an ihrer Aussage zweifeln, was dem Paul möglicherweise eine Chance, frei zu kommen, geben könnte. Es war jedoch bei weitem nicht alles, was für Tina auf dem Spiel stand. Es war nämlich die Wahrheit, die niemand erfahren durfte, um die es wirklich ging. Denn derjenige, der die Pralinen mit Erdnüssen kontaminierte, war natürlich sie, da Tina tatsächlich von Petras Allergie wusste.
Schon damals, als die Damen vom Fitnesskurs sich im gegenüber liegenden Café zusammengesetzt haben, fragte Petra den Kellner explizit nach Erdnüssen im Kuchen, den sie bestellen wollte. Tina bekam es mit, machte sich aber natürlich in dem Moment noch keine Gedanken dazu. Eines Tages entstand jedoch ein kranker Plan in ihrem Kopf, Petra wie auch immer, mit Hilfe der Erdnüsse einen Schaden zu zu fügen. Ob es ein gefährlicher allergischer Schock werden sollte oder nicht, so weit dachte sie noch nicht. Petra und dadurch indirekt Paul soll es einfach nicht gut gehen, das war Tinas

Ziel. So kam sie später auf die Idee mit den Pralinen, die sie Paul bei ihrem Treffen schenkte, in der Hoffnung, dass auch Petra diese möglicherweise essen würde. Selbstverständlich ging sie dabei äußerst vorsichtig vor. Tina trug bei dieser ganzen Aktion zunächst mal Gummihandschuhe, und später am Abend des Treffens ihre Handschuhe. Auch als sie diese Pralinen kaufte, hatte sie ihre Handschuhe an. Da es Januar war, fiel es zum Glück nicht wirklich auf. So fand man an den Pralinen keine Fingerabdrücke von ihr. Damit, dass ihr Plan im Endeffekt so perfekt für sie verlaufen würde, rechnete Tina nicht mal. Also ging es jetzt für sie um alles. Es lief so gut bis dahin, es durfte jetzt nichts schiefgehen.
„Paul wollte mich später anschreiben, und mir Bescheid sagen, wann er vorbei kommen könne.“, sprach Tina weiter.
Während dessen saß Paul still da, er musste sich unglaublich zusammenreißen, um nicht wieder Tina anzuschreien. Er ballte seine Hände unter dem Tisch zu Fäusten, spürte dabei einen Schmerz und versuchte so, die Wut, die in ihm entstand, zu kontrollieren. Am liebsten hätte Paul Tina in diesem Moment gepackt und sogar gewürgt. Auf der einen Seite klang sie sehr überzeugend, auf der anderen

Seite war Paul dieser Situation komplett ausgeliefert und fühlte neben seiner Wut auch eine große Hilflosigkeit. Wenn er aber nochmal die Beherrschung verlieren würde, würde man die Verhandlung beenden und dieser Alptraum würde für ihn weiter andauern, was er auf keinen Fall zulassen wollte.
„Hat Herr Winter eventuell dabei erwähnt, dass er Probleme in seiner neuen Ehe hätte? Ob finanzieller oder emotionaler Art? Können Sie etwas dazu sagen?“, setzte der Staatsanwalt fort.
„Na ja, so direkt nicht. Er sagte nur, es sei ein Fehler gewesen, mit Petra gemeinsam ein Unternehmen gegründet zu haben, weil er jetzt leider keine Entscheidungen allein treffen könne und natürlich von Petras Kapital, das sie ins Unternehmen investierte, abhängig sei. Da er mich nochmal sehen wollte, bin ich natürlich davon ausgegangen, dass es in seiner neuen Ehe nicht so gut geht, wie er sich das vorstellte.“

Als Tina ihren letzten Satz beendete, konnte sie es sich doch nicht verkneifen, den Paul für einen kurzen Augenblick triumphierend anzuschauen. Aber das, was sie in seinem Gesicht sah, war nichts als Verachtung und Hass. Er zwang sich, weiterhin

ruhig zu bleiben, man sah nur einige Schweißperlen auf seiner Stirn. Doch dann bewegte er fast unauffällig seine Lippen und Tina verstand, was er zu ihr sagen wollte: ich hasse dich!. Als sie es sah, wurde ihr für einige Sekunden dunkel vor Augen, sie wurde blass. Tinas Herz schlug so heftig, dass man es beinahe sehen konnte. Ihre Knie begannen, unter dem Tisch zu zittern. Die Gedanken in ihrem Kopf schossen so schnell durcheinander, dass sie für einen Moment ihre Augen schließen musste.
„Geht es Ihnen nicht gut?“, fragte sie der Staatsanwalt, der diese Veränderung an ihrem Zustand bemerkte. Tina schwieg einige Sekunden, dann öffnete sie ihre Augen wieder, guckte den Staatsanwalt an und sagte mit einer fast schon befremdlich klingenden Stimme:
„Es geht mir gut, Sie können fortfahren. Doch bevor Sie es tun, muss ich Ihnen mitteilen, dass ich mich soeben entschieden habe, etwas zu sagen, was ich nicht mehr für mich behalten kann. Etwas, was ich nicht mehr mit meinem Gewissen vereinbaren kann.“
Es wurde ganz still im Saal. Alle Blicke richteten sich auf Tina. Auch Paul schaute sie voller Anspannung an. Tina ihrerseits drehte langsam ihren Kopf in seine Richtung, dann wieder nach vorne,

machte eine kurze Pause und begann, weiter zu sprechen:
„Die Wahrheit ist, Paul hat mir doch erzählt, dass er Petra nie wirklich geliebt habe, und, dass es ein Fehler gewesen sei, sie geheiratet zu haben. Er habe jedoch Geld gebraucht, um sein neues Unternehmen gründen zu können, und Petra schien die passende Kandidatin zu sein, um ans Geld zu kommen. Am Anfang habe er wohl viel Sympathie für sie gehabt, aber dann wäre leider nicht mehr viel daraus geworden. Paul habe aber befürchtet, dass er im Falle einer Scheidung sein neues Unternehmen mit Petra teilen müsste. Was er natürlich auf gar keinen Fall wollte. Das habe ihn wirklich ziemlich beschäftigt. Da ich ihn nach wie vor liebe, fragte ich ihn natürlich, ob er im Falle, wenn Petra nicht mehr da sein sollte, wieder zu mir zurückkehren würde. Paul bejahte es sofort. Dass ich Petra bereits aus dem Fitnessclub kannte, musste ich ihm natürlich erzählen, ich wollte ihn nicht belügen. Paul wunderte sich zwar über diesen Zufall, aber fand ihn auch nicht so ungewöhnlich. Dann habe ich ihm beiläufig davon erzählt, dass wir gemeinsam mit weiteren Damen aus unserem Kurs mal in einem Café waren und Petra dort einen Kuchen, der unbedingt keine Erdnüsse enthalten durfte, bestellte.

Ich fragte ihn, ob sie allergisch auf Erdnüsse sei. Er bestätigte es mir. Mehr erwähnte ich nicht dazu. Es war praktisch mehr oder weniger nur ein Satz im ganzen Gespräch. Von Petras Tod erfuhr ich später im Fitnesskurs. Auch, dass sie an einem anaphylaktischen Schock starb."
Als Tina ihre Aussage beendete, entstand wiedereinmal eine kurze Pause. Jeder im Saal musste diese neue Wendung im Fall erst mal für sich verarbeiten.

Der einzige, der als erster aber dann auch unglaublich laut sich zu Wort meldete, war Paul. Diesmal gingen seine Nerven mit ihm komplett durch. Er war nicht mehr in der Lage, seine Wut zu beherrschen. Alles, was Tina gerade sagte, war pure Lüge, und das hielt Paul nicht mehr aus.
„Ich hasse dich!", schrie er dies mal laut und deutlich.
„Du Lügnerin, hör auf damit. Was willst du damit erreichen? Willst du dich an mir rächen? Sieht so deine Liebe aus?"
Pauls Gesicht wurde dabei rot, er schwitzte ganz stark. Die beiden Beamten neben ihm mussten ihn praktisch mit Gewalt zurückhalten, damit er nicht Richtung Tina sprang.

„Herr Winter, bleiben Sie sofort ruhig! Sonst werden wir Ihnen Handschellen anlegen müssen! Hören Sie mich?", rief wütend der vorsitzende Richter.
„Wir beenden jetzt die heutige Verhandlung. So geht es nicht weiter.", sagte er zu allen anwesenden.
„Herr Winter kehrt in die Untersuchungshaft zurück. Ansonsten sehen wir uns bei der nächsten Verhandlung wieder. Sie, Frau Seifert, werden gebeten, umgehend den Kripobeamten, der Sie bereits vorher vernommen hat, aufzusuchen und Ihre komplette Aussage zu wiederholen und gegebenenfalls weiter zu ergänzen."

Alle standen langsam auf und verließen nach und nach den Verhandlungsaal. Tina durfte erst dann gehen, als Paul in Begleitung von den beiden Vollzugsbeamten den Saal bereits verlassen hat. Dabei guckte er Tina nicht mehr an. Ab diesem Zeitpunkt existierte sie für Paul nicht mehr. Während der Fahrt zurück in die Untersuchungshaft starrte er fast die ganze Zeit auf den Boden. Tinas letzte Aussage, oder besser gesagt, ihre Lügengeschichte machte die Situation von Paul noch viel komplizierter als sie ohnehin schon war. Leider klang Tina dabei unglaublich authentisch. Wenn Paul selbst nicht die Wahrheit kennen würde, würde er wie alle anderen darauf reinfallen. Wie um Gottes Willen soll er jetzt noch seine Unschuld beweisen, dachte Paul. Tina war die einzige Hauptbelastungszeugin, es steht zwar immer noch Aussage gegen Aussage. Aber so geschickt, wie Tina den Fall dargestellt hat, schien sie glaubwürdiger zu sein. Was müsste denn noch passieren, damit man ihm, dem Paul glauben würde. So niedergeschlagen ging Paul abermals in seine Zelle. In die Zelle, die er hoffte, nie wieder zu sehen.

Zur gleichen Zeit fuhr Tina, wie ihr vom Richter angeordnet wurde, zum ermittelnden Kripobeamten. Ihr psychischer Zustand zu diesem Zeitpunkt war schwer zu beschreiben. Tinas Körper funktionierte scheinbar, doch sie fühlte sich wie eine leere Hülle. Die Tatsache, dass Paul sie endgültig aus seinem Leben strich, berührte sie nicht mehr wirklich. Tina empfand eine merkwürdige Sehnsucht nach Ruhe. Ihre Rachegelüste waren zwar befriedigt, aber es wurde für sie nichts besser dadurch. Weder emotional noch körperlich verspürte sie eine Erleichterung. Nichts konnte wieder jemals gut werden. Petra ist zwar tot, aber Paul würde nie zu ihr zurück kehren. Schlimmer noch, seine ohnehin fehlende Liebe ihr gegenüber hat sich auch bei ihm

in einen tiefen Hass verwandelt. Aber ist es denn ein Wunder nach den letzten Ereignissen? Wie soll es jetzt mit ihr weitergehen? Wie soll ihre Zukunft denn ab jetzt aussehen?
Erst als Tina die Wache erreichte und nach ihrem Anliegen und ihrem Namen gefragt wurde, nahm sie die Realität um sich herum wieder wahr. Als geklärt wurde, worum es ging, bat man sie ins Büro, das sie schon kannte. Wiedermal saß sie auf dem selben Stuhl wie schon bei ihren vorherigen Vernehmungen. Sie musste nicht lange warten. Gleich darauf erschien der besagte Kripobeamte, der sie sofort darüber informierte, dass er schon wisse, worum es gehen würde. Er bat Tina, ihre letzte Aussage nochmal komplett zu wiederholen und gegebenenfalls auf seine weiteren Fragen zu antworten. Sie tat es, und wiederholte fast wortwörtlich das, was sie gerade vor dem Gericht aussagte. Diesmal tat Tina es sichtlich emotionslos. Sie fühlte sich innerlich nur noch leer und ihr erschien alles, was gerade geschah, vollkommen unwichtig zu sein. Der Kripobeamte nahm ihre Aussage auf.
„Hat Ihr Ex-Mann während dieses Treffens eventuell ebenfalls etwas zur Allergie seiner Frau gesagt?“, wollte er wissen.

„Ich kann mich nicht mehr erinnern.“, antwortete Tina.
„Glauben Sie, dass er grundsätzlich dazu fähig wäre, jemanden umzubringen? Würden Sie ihm so etwas zutrauen?“
„Ich weiß es nicht. An so etwas habe ich nie gedacht.“
„Als Sie Ihrerseits die Allergie seiner Frau erwähnten, was haben Sie damit bezweckt? Ihr Ex-Mann sprach angeblich davon, dass er es bereuen würde, diese Frau geheiratet zu haben, gleichzeitig hätte er im Falle einer Scheidung erhebliche finanzielle Schwierigkeiten, da seine Frau eine große Summe in ihr gemeinsames Unternehmen investierte. Eine Scheidung käme für ihn somit nicht in Frage. Ist es soweit richtig, was ich sage?, fragte der Kripobeamte Tina.
„Ja, so hat sich das für mich angehört.“, sagte sie.
„Also nochmal, warum erwähnten Sie dann in diesem Moment ausgerechnet die Allergie seiner Frau? Wollten Sie ihn eventuell auf falsche Gedanken bringen? Ich erwarte jetzt von Ihnen nichts als die Wahrheit. Es wäre doch auch in Ihrem Interesse, dass er wieder Single wäre. Sie würden ihn doch angeblich immer noch lieben?“
Allmählich verstand Tina, in welche Richtung die

Fragen des Kripobeamten gingen. Ja, an dieser Stelle könnte man ihre Aussage auch gegen sie verwenden. Hier erlaubte sie sich einen logischen Fehler. Was jetzt? Tina erwachte in diesem Moment aus ihrer Lethargie. Ein Gefühl der Panik ergriff sie. Wenn es so weiterginge, könnte man sie als Mittäterin ebenfalls verurteilen. Ich gehe nicht ins Gefängnis, dachte sie fieberhaft. Ich gehe auf gar keinen Fall ins Gefängnis.

Plötzlich schoss ihr ein Gedanke durch den Kopf und Tina wusste auf einmal ganz genau, wie sie all ihre Probleme auf einen Schlag lösen würde.
„Mir ist jetzt etwas übel. Darf ich bitte kurz auf die Toilette?“, fragte Tina den Kripobeamten.
„Brauchen Sie vielleicht einen Arzt?“, fragte dieser wiederum.
„Nein danke, ich muss nur kurz zur Toilette.“
„Okay, kommen Sie bitte mit, ich zeige Ihnen, wo die Toiletten sind. Wenn Sie doch einen Arzt brauchen sollten, sagen Sie mir Bescheid.“
Die beiden gingen aus seinem Büro und er zeigte Tina auf die letzten beiden Türen links, am Ende des Ganges. Tina ging allein dorthin. Die letzte Tür links war die Damentoilette. Sie betrat diese. Es gab dort zwei Kabinen, beide leer, denn in diesem Moment

waren keine weiteren Besucher auf der Wache. Tina ging einfach in die erste rein und machte hinter sich die Tür zu.
Dann setzte sie sich auf den Klodeckel und blieb ein paar Minuten so sitzen. Dabei schloss sie kurz ihre Augen. Paul, dachte sie, ich wollte so sehr, dass du mich liebst. Es hätte mit uns doch so schön weitergehen können. Warum hast du alles kaputt gemacht? Warum hast du mich kaputt gemacht? Alles, was ich getan habe, war doch nur aus Liebe zu dir. Du hast nichts verstanden. Aber jetzt ist es vollkommen egal. Mir ist jetzt alles egal. Mir ist es egal, was mit dir passiert, und mir ist es egal, was mit mir passiert. Dann öffnete Tina ihre Augen wieder. Sie machte ihre Handtasche auf und holte aus einem Innenfach dort eine kleine Nagelschere. Die hatte sie immer bei sich für alle Fälle, typisch Frau eben. Dann begann sie, sachlich und völlig emotionslos nachzudenken. Am besten zuerst die rechte Hand. Sonst würde sie später als Rechtshänderin eventuell zu wenig Kraft in ihrer linken Hand haben. Sie nahm die Schere in die linke Hand, machte sie auf und schnitt langsam aber mit viel Druck mit einer der Scherenklingen die Pulsadern ihrer rechten Hand auf. Es tat weh, sehr sogar, aber Tina handelte bereits in einem beinahe

geistesabwesenden Zustand. Das Blut spritze regelrecht auf ihren Pullover und ihre Hose, dann tropfte es auf den Boden. Sie musste schnell weitermachen, bevor ihre Kräfte nachlassen würden. Diesmal soll es endgültig sein. Tina nahm dann die Schere in ihre rechte Hand, es viel ihr bereits sehr schwer, da sie schnell viel Blut verlor und es sehr weh tat. Aber ihre vorherigen Überlegungen, wie sie es am besten durchziehen sollte, stellten sich als richtig heraus. In ihrer rechten Hand hatte sie tatsächlich noch Kraft. Also schnitt sie sich dann die Pulsadern auf ihrer linken Hand auf. Auch da spritzte das Blut sofort. Nicht nur ihre Anziehsachen waren bereits voller Blut. Auch der Boden unter ihr verfärbte sich immer mehr rot. Tina wurde es langsam dunkel vor Augen. Aus letzter Kraft tupfte sie ihren Zeigefinger auf der rechten Hand in ihr Blut und begann damit, auf der Wand der Toilettenkabine zu schreiben. Zuerst einen großen P, dann einen A und einen U. Als sie zum Schluss noch einen L schreiben wollte, verließen sie bereits ihre Kräfte und aus dem L wurde nur ein Strich, der eher wie ein I aussah. Dann viel Tinas Arm zurück und sie verlor ihr Bewusstsein. Da die Kabine recht eng und klein war, blieb sie immer noch sitzen.
Währenddessen schaute der sie vernehmende

Kripobeamte kurz auf die Uhr. Er fand es merkwürdig, dass sie immer noch nicht von der Toilette zurück kam. Die Wache durfte sie auf jeden Fall noch nicht verlassen. Möglicherweise ging es ihr doch schlechter, als sie es zugeben wollte. Also entschied er sich, nachzuschauen. Er ging zur Damentoilette und klopfte an die Tür:
„Frau Seifert? Ist bei Ihnen alles in Ordnung?“, fragte er laut nach.
„Frau Seifert?“, fragte er nochmal und klopfte dabei weiter. Ein Kollege von ihm kam aus einem benachbarten Büro, und wollte wissen, was denn los sei.
„Eine Zeugin ist gerade bei mir zur Vernehmung. Dann wurde ihr angeblich schlecht und sie musste kurz zur Toilette, aber es dauert mir irgendwie zu lange. Ich gehe lieber rein und gucke nach.“
Er öffnete die Tür der Damentoilette und sah sofort Blut auf dem Boden in der ersten Kabine.
„Verdammt nochmal!“, rief er laut.
„Ruft schnell einen Notarzt!“
Die Tür der Kabine war von innen verschlossen, also musste er sie mit viel Gewalt aufbrechen. Dann sah er Tina bewusstlos und blutverschmiert auf dem Klodeckel angelehnt an die Kabinenwand sitzen. Ihr Blut tropfte aus ihren beiden Schnittwunden weiter.

Eine kleine, ebenfalls blutverschmierte Nagelschere lag neben Tina auf dem Boden. Ihm war natürlich sofort klar, was sie getan habe. Er packte Tina vorsichtig und legte sie auf den Boden. Dann griff er zum Papiertücherspender, holte mehrere davon auf einmal und versuchte damit, die Wunden auf Tinas Händen fest zu zupressen, damit sie nicht mehr so schnell Blut verlor. So wartete er und seine Kollegen, die selbstverständlich die ganze Situation mittlerweile mitbekommen haben, auf den Notarzt. Der Krankenwagen kam sehr schnell. Die Ärzte und Sanitäter kümmerten sich sofort um Tina. Sie wurde in dem Krankenwagen für die Fahrt ins Krankenhaus notversorgt. Tina blieb dabei weiterhin bewusstlos.
„Wird sie es überleben?“, fragte der ermittelnde Kripobeamte die Ärzte .
„Das können wir jetzt schwer sagen, sie hat, so wie es aussieht, sehr viel Blut verloren.“

Dann fuhr der Krankenwagen mit Sirene und Blaulicht los.
Ironie des Schicksals war, dass Tina ebenfalls wie Petra auf dem Weg ins Krankenhaus starb. Die Ärzte im Krankenhaus konnten nur noch ihren Tod feststellen. Sie verlor bis dahin zu viel Blut. So schaffte es Tina diesmal, und befreite sich endgültig

von allen ihren Seelenqualen. Sofort danach wurden die Beamten auf der Wache darüber informiert, dass Tina es nicht geschafft habe. Inzwischen wurde die Toilettenkabine, in der Tina ihren Selbstmord beging, von der Spurensicherung untersucht. Die kleine Nagelschere wurde dabei als Tatwerkzeug gesichert. Unter den Fotos, die den Tatort dokumentierten, gab es natürlich auch eins von der Wand, worauf man deutlich vier rote Buchstaben sah: PAUI, was eigentlich PAUL heißen sollte.

Durch Tinas Tod und ihre vorherigen Aussagen, die Paul eindeutig zu belasten schienen, war es nicht mehr möglich, seine Unschuld zu beweisen. Zu viele Indizien sprachen gegen ihn. Ob Tina dabei selbst etwas damit zu tun hätte oder nicht, blieb ebenfalls für immer unklar. Unter diesen Umständen konnte Paul nicht aus der Untersuchungshaft entlassen werden. Wie sein Urteil lauten würde, war zu diesem Zeitpunkt noch nicht klar. Dass er aber auf jeden Fall verurteilt werden würde, stand fest.

Mit diesen niederschmetternden Nachrichten im Gepäck fuhr Pauls Rechtsanwalt zwei Tage später zu ihm in die Untersuchungshaft. Als Paul sein Gesicht sah, ahnte er bereits nichts gutes, aber als er dann

erfuhr, was passiert sei, blieb ihm einfach die Luft zum Atmen weg. Die einzige, die die Wahrheit hätte sagen können, verstummte für immer. Mit hoher Wahrscheinlichkeit würde Paul des Mordes an seiner Ehefrau angeklagt werden. Sein Rechtsanwalt versicherte ihm zwar, dass sie im Falle einer Anklage auf jeden Fall eine Berufung einlegen würden. Aber für Paul hieß es trotzdem, unschuldig verurteilt zu werden.
Tja Tina, ich muss schon sagen, du hast wirklich dein Ziel erreicht. Ich gratuliere. Du bist bis zum bitteren Ende gegangen. Für Petra, für dich und letztendlich auch für mich, dachte Paul. Er hatte keine Fragen mehr an seinen Rechtsanwalt. Paul resignierte und gab innerlich einfach auf. So saßen die beiden Männer noch ein paar Minuten schweigend sich gegenüber. Auf einmal kippte Paul seinen Kopf nach hinten, und begann zu lachen. Zunächst noch leise und voller Bitterkeit in seiner Stimme. Doch dann wurde sein Lachen immer lauter und hysterischer. Sein Rechtsanwalt versuchte noch, ihn zu beruhigen. Es gelang ihm jedoch nicht. Daraufhin griffen zwei Justizvollzugbeamten ein, die beim Gespräch dabei waren und das ganze mitbekommen haben. Paul fing plötzlich an, wie wild um sich zu schlagen.

„Ich will hier weg!“, schrie er laut. Ab da verlor er komplett die Kontrolle über sich. Es kamen noch zwei weitere Beamten dazu. Es gelang ihnen nach einiger Zeit, Paul ruhig zu stellen, in dem sie ihn auf den Boden legten, seine Arme nach hinten nahmen und festhielten. Es tat ihm dabei weh. Paul wurde nach und nach leiser, atmete immer noch schwer aber bewegte sich kaum mehr. Sein Rechtsanwalt musste auf die Anweisung der Beamten die Untersuchungshaft verlassen. Man wollte ihn später über den Zustand seines Mandanten informieren. Was danach geschah, nahm Paul nur schemenhaft wahr. Das nächste, woran er sich bewusst erinnerte, war, dass er auf dem Bett in seiner Zelle lag. Ein Arzt, was man an dem weißen Kittel, den der Mann, der neben ihm saß, trug, erkennen konnte, gab ihm vermutlich eine Beruhigungsspritze. Denn kurz darauf verspürte Paul, wie ihn eine bleierne Müdigkeit überkam. Er machte seine Augen zu und schlief ein.

ISBN 978-3-8187-4984-2
9 783818 749842 00003
www.epubli.com